# 운명이 손대지 못하는 시간들

# 운명이 손대지 못하는 시간들

홍혜랑

북인 수필선 3

도서출판 북인

**책을 펴내며**

# 결국은 하나의 작품을 쓰는 것이다

이순耳順의 문턱을 밟기 몇 해 전, 수필문단에 이름을 올린 지 30여 성상이 흘렀다. 늦은 나이에 시작하는 일을 흔히 제2의 인생이라고 말하지만 제1, 제2는 시간적 순열일 뿐 삶의 의미를 자리매김하는 서열은 아닐 듯하다.

수필가가 되지 않았다면 지금쯤 나는 어떤 모습으로 살고 있을까를 상상해본다. 아마도 기인奇人과 범인凡人의 사이에서 기인 쪽에 더 기울어져 있었을 것 같다. 학창시절부터 긴긴 세월 소위 그리스 철학의 목적론적 삶에 단단히 발목잡혀 살면서 스스로 국외자의 소외감을 자초했었다. 범속凡俗은 싫었다. 세상의 유행을 기피하는 것은 나의 취향을 따져볼 겨를도 없이 남들이 다 따르는 유행이라는 그 이유 하나만으로도 족했다. '평범에 대한 저항감'이 목적론적 왕국의 선민의식을 더욱 공고히 했을 것이다.

이성이 구축한 목적론적 삶은 비범의 낙원이 아니라 균형을 상실한 형벌의 땅임을 알게 된 것은 부끄럽게도 그러나 다행히 수필 창작 과정에서 일어난 성찰의 눈뜸이었다. 비범의 사슬에 묶여 질식할 뻔하던 내 영혼에 평범의 피를 돌게 해준 것은 문학과의 인연이었다. 평범은 상승의 절망감에서 오는 매너리즘이 아니라, 인간의 본성을 거역하지 않는 자연스러운 삶의 방식임을 아는 데에 남들보다 한참 오래 걸렸다. 본성을 찾아가는 신바람나는 방황이 글쓰기였다. 아무리 멀더라도 처음으로 돌아가는 길이 즐거웠다. 내 안에 웅크리고 있던 평범에 대한 저항은, 평범하게 살 수 있는 능력이 없는 사람의 뒤틀린 의지였음을 고백하지 않을 수 없다.

자신의 작품에 대한 가장 정확한 독자는 언제나 작가 자신이다. 묻어두었던 작품들을 꺼내 통독하다보니 여기저기에서 돌봄의 손길을 애타게 기다리고 있었다. 고마웠다. 글자, 어휘, 문장, 구조, 더러는 메시지에 이르기까지 편하지 않은 자세를 어떻게든 고쳐주고 싶었다. 2009년도에 선집 『문명인의 부적』이 나올 때는 경험하지 못했던 준비 과정이었다. 달라진 것이 있다면 2016년도에 작품집 『회심의 반전』이 하나 보태진 것뿐인데 준비과정은 많이 달랐다.

독백이 아니라면 작가는 외부와의 소통을 위해서 글을 쓴다. 소통을 극대화하려는 언어적 표현에는 한계가 없다. 퇴고는 '소통의 지름길'을 찾는 탐색 이외에 다른 것이 아니라는 생각이 이번 선집을 준비하면서 시종 떠나지 않았다. 좀 더 편안한 소통을 원하는 작품들의 편치 않은 자세를 외면할 수 없었다. 열댓 편의 신작들이 함께 실려 있어서만은 아니니다. 선집이라기보다 가장 최근까지 퇴고한 작품집이 된 느낌이다.

퇴고를 아무리 거듭해도 달라지지 않는 것은 모든 작품들이 여전히 같은 방향을 바라보고 있는 것이었다. 어느 작품을 제1장에, 어느 작품을 제5장에 넣을 것인가 이리저리 옮기는 분류작업은 이번에도 미완의 범례적 작업으로 마쳐야 했다. 하나하나가 나눠지기 애매한 닮은꼴들이었다. 소통의 나들목에 공들이는 퇴고의 손놀림은 결국 작품이 달려가는 주행 길에 시야를 방해하는 장애물이 없는지 살펴주는 노력이었다. 옥타비오 파스의 시적 체험을 여기에서 만난다.

"인간은 시간적이며 상대적인 존재이지만, 본성은 언제나 영원을 향해 가고 있다. 존재의 움직임으로서 인간이 끊임없이 스스로를 뛰어넘는 것이 창작이라면 그 움직임은 늘상 무엇인가를 지시해야 한다. 즉 일정한 가치나 경험을 지향하는 것이다."

인간의 육체가 유전자의 지배를 받듯 작품도 작가의 정신적 정체성을 벗어날 수 없다. '작가는 몇 개의 작품을 쓰든 결국 하나의 작품을 쓰는 것이다'라는 문학의 태생적 존재성을 수없이 생각했다. 많지 않은 과작들은 인생에 남기고 가는 흔적이라기보다, 사는 동안 본성으로 가는 내면의 발걸음에서 자연과 반목하는 기인의 길로 가지 않고 평범의 대열에 합류할 수 있도록 동행해준 연기緣起의 은총이었다. 과작의 작가 아내가 드물게 졸작품집을 낼 적마다 무턱대고 기뻐하던 사람과 이번에는 함께하지 못한다. 3년이 지난 오늘도 무상함이 낯설다. 출간 소식을 알리며 그의 기쁨을 그려본다.

이번 선집의 정리작업은 30여 년의 창작생활을 돌아보게 하는 뜻밖의 여행길이었다. '북인수필선' 선정위원회의 제안이 없었다면 팔십도 훌쩍 넘어버린 노안으로 작품들을 퇴고하는 시간을 갖지 못했을 것이다. 약속한 기일보다 너무 늦게 원고를 넘기기까지 인내력을 가지고 기다려준 도서출판 북인에 특별히 감사하는 마음이 그래서 더 크다. 소중한 인연으로 서로 격려하며 한 배를 타고 항해하는 문우들에게도 사랑과 감사의 마음 전하고 싶다.

2022년 초여름

홍혜랑

| 차례

## 제2장 첫걸음



## 제3장 고궁의 담 안쪽

## 제5장 식영息影의 뜰

# 제1장
# 퇴고推敲

## 의지의 계보系譜

프랑크푸르트 공항에 내려서 마부르크로 가는 기차를 갈아탔다. 목적지가 가까워질수록 심장의 박동에 파도가 밀려온다. 생각보다 격랑이 높다. 인생의 황금기라는 30대를 보냈던 조용한 대학도시 마부르크가 내 안에서 이토록 강렬하게 자리잡고 있을 줄 몰랐다.

육체의 배고픔에 이유가 없듯, 배움을 욕망하는 것도 그럴까. 꼭 그렇지는 않은 것 같다. 마부르크로 가는 두어 시간 남짓 주행 시간 동안, 독일에 머물던 6년 세월의 파노라마가 아픔도 아니고 감격도 아니면서 표현할 수 없는 회억으로 온몸을 휘감는다.

한국의 화폐는 해외에 나가면 종이쪽지에 비유될 만큼 대한민국의 국제적 위상이 참혹할 때였다. 세계 2차대전이 종식된 것이 1945년이었고 한국전쟁이 휴전된 것이 1953년이었으니까. 독일은 우리보다 불과 8년 먼저 전쟁에서 벗어난 나라였지만, 1960년대

중반 내가 독일 땅을 밟던 시절 그들이 누리던 풍요로운 삶은 8년이 아니라 영원까지도 우리가 극복할 수 없는 운명적 간극이라고 생각되었다. 오늘날의 아프리카보다 더 가난했던 나라 한국의 유학생들은 살아도 그곳에서, 죽어도 그곳에서 버텨내야 했다.

당시 400만의 외국인 노동자를 불러들이던 독일에서 일자리는 넘쳤다. 노동 자체보다 더 힘든 것은 배움의 전당인 대학 건물을 지나 근로 현장으로 향하는 발걸음이었다. 사이버공간이 없던 호랑이 담배 먹던 시절 선진국에서도 개인정보는 개인의 입에 달려 있었다. 학교에서는 학생이었고, 직업 현장에서는 정규직 근로자였다. 원하는 만큼 강의실에 머무를 수 없는 아쉬움은 제어할 수 없이 맹목적이었다. 자신이 서 있는 별자리를 헤아리지 못했었다. 화산 밑에 집을 지으면서 화산을 탓하는 피곤한 역주행으로 심신을 괴롭혔다. 건강에 적신호가 켜질 때까지 야누스의 두 얼굴로 남사당의 외줄타기를 흉내내는 긴장은 거기까지였다.

귀국 후 20여 년 동안 늘 무대에 선 느낌으로 도구 과목을 가르치다가, 인연 따라 삶의 한가운데로 들어간 곳이 수필창작교실이었다. 창작에 입문하면서 거의 동시에 달려간 곳은 동서양 선인先人들의 정신세계를 만날 수 있는 고전古典교실이었다. 고전이라는 거울 앞에 설 때에야 비로소 내 모습을 볼 수 있었고, 본질로부터 내동댕이쳐졌던 나를 발견하면 할수록 거듭 태어나는 행복이 이런 것인가 싶었다. 자신을 알기 위해, 인간을 알기 위해 왜 고전으로 돌아가야 하는지 알 수 있을 것 같았다. '우리의 눈은 세계를 보는 것이 아니라 세계 안에 있는 자신을 보는 것'이라는 말은 음미할수록 진실이었다. 내 안에 웅크리고 있던 영혼의 편린들이 태양 아래 조사照射되는 순간을 고전교실에서 수없이 체험했다.

고전교실은 배움의 겉옷이 아닌 배움의 속살을 향유하는 즐거움이 어떤 것인지 체험할 수 있는 공간이었다. 니체가 보였고, 쇼펜하우어도 보였다. 니체가 진력한 긍정철학에 매료되면서도 난해한 철학자 주변을 두리번거리며 배회하고 있을 무렵이었다. 어느날 니체의 선배이자 스승 격인 쇼펜하우어를 공부하는 시간이었다. 쇼펜하우어의 중심사상 인간의 '맹목적 의지론'을 접하면서, 쇼펜하우어가 아니라 내가 보였다.

오래 전 마부르크 시절 배움에 연연했던 벌거벗은 황무지가 바로 쇼펜하우어의 땅이었으며, 이 철학가가 인간의 내부에서 건져 올린 맹목적 욕망이 내 안에서 나를 그토록 불편하게 했음을 직감했다. 배움에 대한 욕망을 모두 공자의 '호학정신'에 비교할 수는 없다. 성 어거스틴은 회심 전, 생명 없는 수사학을 배우고 가르치던 자신을 수사학 장사꾼에 비유했었다. 자기 완성으로 가는 내적 에너지 엔텔레히가 결여되었기 때문이었을 것이다. 마부르크에서 내가 조바심하던 배움도 그랬을 것이다. 귀국 후 20여 년 동안 도구 과목을 가르치던 강단에서 행복하지 못했던 이유는 내 안에 있었다.

## 니체가 쇼펜하우어의 어깨에서 바라본 더 높은 곳

쇼펜하우어는 나이 30세 때 출간한『의지와 표상으로서의 세계』에서 인간의 비합리적이고 맹목적인 의지를 적나라하게 꺼내서 '인간론 광장'에 드러내보였다. "세계를 지배하는 것은 세계 이성이 아니라, 인간의 맹목적 의지다. 그것은 이성적 의지가 아니라 삶에 대한 비합리적이고 충동적인 욕망이다." 그의 의지론은 당시 헤겔을 비롯한 독일의 이성적 관념주의 철학자들로부터 외면당했고, 어렵게 얻은 베를린대학의 강사 자리마저 수강생이 오지 않아 폐강에 이를 만큼 시대는 그의 편이 아니었다. 대학강단을 떠나 세상과 불화하며 연구에만 전념하는 쇼펜하우어의 어두운 은둔생활은 72세로 세상을 떠날 때까지 이어졌다. 그는 '삶에 대한 비합리적이고 충동적인 의지' 그것을 바로 자신의 내부에서 건져올린 생철학자였다.

그의 의지론은 프로이트, 칼 융 등의 심리학에 영향을 주었고, 실존철학 전체에 신선한 생명력을 불어넣었지만, 특히 러셀의 말에 귀기울이게 된다. 러셀은 쇼펜하우어가 인간의 내면에서 생생하게 건져올린 의지 자체를 실존적 의미로는 높이 평가하면서도 의지의 뿌리를 윤리적으로는 '악'으로 파악했다. 인간의 맹목적 의지는 태생적으로 어두움이다. 인간의 맹목적 의지가 밖으로 표출되는 형태가 삶이라면, 쇼펜하우어의 철학을 비관주의, 염세주의라고 부르는 것은 어쩔 수 없다. '쇼펜하우어증후군'을 숙명적으로 정신 속에 품고 살아가는 인간에게 치유의 복음을 전해준 사람은 철학가 니체였다.

쇼펜하우어가 타계한 지 5년 후인 1865년, 당시 대학생이던 젊은 니체는 대학도시 라이프치히의 어느 헌책방에서 쇼펜하우어의 『의지와 표상으로서의 세계』를 발견하고 기쁨의 충격에 빠진다. 관념주의의 거센 시대적 파도에 밀려 유폐되었던 이 책이 운좋게도 니체의 눈에 띈 것을 어찌 우연이라고 하겠는가. 10여 년 후 니체는 「예인자曳引者 쇼펜하우어Schopenhauer als Erzieher」라는 에세이를 써서 이미 고인이 된 쇼펜하우어에게 헌정할 정도였다.

하지만 니체는 쇼펜하우어 안에 그대로 머물러 있지만은 않았다. 시간이 지나면서 니체는 쇼펜하우어의 맹목적 의지 속에 웅크리고 있는 어두운 비관주의를 빛으로 '극복'함으로써 니체철학이라는 새로운 철학의 범주를 탄생시켰다. 인간욕망의 모든 삶 의지를 받아들이면서도 그것의 부정적 기능에 머물지 않고, 긍정적 '힘에의 의지'로 끌어올린 지점, 여기가 바로 니체가 쇼펜하우어의 어깨에서 더 높은 곳을 볼 수 있었던 철학사의 전환점이었다. 어느 철학자의 표현대로 니체의 관심이 쇼펜하우어로부터 볼테르로 옮겨간 것이다. 니체의 긍정철학은 역설적이게도 쇼펜하우어의 허무주의에서 태어난 셈이다.

니체의 디오니소스적 긍정은 우리가 달리고 있는 장애물경기의 정상에 꽂힌 깃발임을 알고 있다. 자신이 좋아하지 않고, 감내

하고 싶지 않은 환경을 우리는 '역경逆境'이라고 부른다. '어긋난 환경'이 어디 있겠는가. 인간이 자신의 의지적 욕망을 따라주지 않는 환경을 거부할 때 쓰는 용어일 뿐이다. '이 세상에 없어도 될 것은 하나도 없다'는 니체의 언명은 세상만사 연기緣起의 엄혹한 우주법칙에 따라 돌아간다는 불교의 법문과 둘이 아닐 터다. 언제부터인가 독일 체류의 삶을 더 이상 '역경'이라고 부르지 않는 나를 발견할 수 있었다.

마부르크에서의 기억이 오랜 세월 내 안에서 표현하기 어렵게 역동적으로 꿈틀댔던 까닭은 마부르크 안에 있지 않고 오히려 그곳을 떠난 이후의 삶 속에 있지 않았나 짐작된다. 돌아보면 마부르크는 내가 갇혀 있던 맹목적 욕구로부터 인간의 실존적 대지로 발걸음을 떼어놓을 수 있는 관문이 되어주었다. 바닷가 모래구덩이에서 부화된 새끼 거북이가 생명의 명령에 따라 본능적으로 바다 쪽으로 달려가듯, 알 수 없는 힘에 밀려 나도 문학의 바다에 이르렀다.

망망대해의 뱃길이지만 외롭지 않다. 많은 사람들이 익사하지 않기 위해 깨어서 함께 노 젓기를 멈추지 않는 항로다. 맹목적 의지가 힘에의 의지로 거듭나는 의지의 계보系譜를 더듬을 수 있었던 것도 그 길 위에서였다.

# 어떤 반칙

연구실 없는 캠퍼스 노숙자가 강의시간 전에 도착하면 갈 곳은 강사실뿐이다. 드나드는 강사들의 발소리는 끊이지 않는데 주인 없는 나그네들만의 쉼터라서 그런지 방안엔 객들끼리의 서먹함이 가득하다. 같은 요일 같은 시간에 만나는 낯익은 얼굴들이지만 특별한 경우가 아니면 '무슨 과목을 맡은 아무개입니다'라는 자기소개는 없다. 수업시간을 기다리는 동안 탁자를 사이에 두고 소파에 마주 앉아 있지만 상대의 얼굴에 시선을 줄 일이 없다. 저마다 준비해온 강의노트와 눈을 맞추며 시간을 버티고 있는 강사실 안의 침묵은 도서관보다 훨씬 공고하다. 기회가 닿지 않아 전임 자리를 아직 만나지 못한 글자 그대로 불우不遇한 서생들의 긴장감인지 강사실의 침묵은 나름 제 음성을 갖고 있다.

처음부터 전임제도가 없는 교양 외국어의 강사 자리는 출발이 늦은 나 같은 만학의 노병에겐 안성맞춤의 일자리였다. 전임 자리를 넘본 적이 없으니 나는 때를 만나지 못한 불우한 강사는 아니었다. 그러나 강사실에서 호흡하는 침묵은 늘 이곳이 강사실임을 의식하게 했다. 연구실도 없고 월급도 쥐꼬리만 한 강사생활을 조바심 없이 20여 년 지치지 않고 계속하면서도, 마음속으로는 때가 되어 이 일을 놓고 나면 번역일을 할까 막연히 생각했었다. 때와 장소에 구애받지 않는 자유로운 작업이 번역인 것은 맞다. 번역 습작에 손을 대보니 외국어 이전에 우리말 표현이 마음 같지 않다. 신문 귀퉁이에 게시된 어느 구립 문화센터를 찾아 우리말 습작을 익힐 요량으로 수필창작을 시작했다. 오래지 않아 생각하지 못했던 창작의 매력이 이끄는 대로 따라갔다.

지천명知天命을 넘어 처음 발 들여놓은 문단의 풍속도는 강사실과 많이 달랐다. 불빛 번쩍이는 신세계에 들어선 가출 소녀처럼 볼거리가 많았다. 처음 만나는 사람들의 대화나 표정이 골백번도 더 만난 사람들과 다르지 않았다. 통성명하는 격식도, 상대를 탐색하는 긴장도 경계심도 보이지 않았다. 거침없이 주고받는 글쟁이들의 솔직한 대화에 움찔움찔 놀랄 때도 많았다. 그때마다 내가 갇혀 있던 경직된 옹벽이 선연하게 드러났고, 그 뒤에 숨어 있는 나를 만나는 발견의 기쁨을 누렸다.

변화무쌍한 일상 속에서 우리는 사람을 만나고 때를 만나고 운명을 만난다. 모든 만남을 때로는 인연법으로, 때로는 부조리라는 볼멘소리로 껴안아야 하는 곳, 아수라의 혼미 속에서도 삶의 의미를 창출하고 해석해내야 하는 곳, 이 일만이 살아 있음의 징표라고 믿는 곳. 자기 밖으로만 돌던 외국어 강사가 새롭게 눈뜨는 문학의 본령은 가출 소녀가 잠시 머무는 호기심의 땅이 아니었다.

소유 세계의 땅을 유랑하던 방랑객이 창작을 위해 존재의 갯벌에 빠져들수록, 교양 외국어를 가르치는 반복적 일상에서 기氣가 빠져나가는 걸 느꼈다. 선생이란 직업은 신들린 무당기가 있어야 한다고 했던가. '신들렸다' 함은 생명의 기가 타오를 때 뿜어내는 에너지다. 인기人氣다. 돌아보면 나는 도구 과목을 가르치기 시작할 때부터 이미 인기 있는 선생은 아니었다. 자로 잰 듯 철저하게 준비된 노트로 교실을 돌며 똑같은 수업을 되풀이하는 자기 모방은 남의 것을 흉내낼 때보다 더 숨 막힌다. 남의 것이라면 나의 것을 보탤 수 있는 틈새가 있지만 방금 손 털고 나온 자신의 노트에는 비집고 들어갈 틈이 없다. 모방 중에 가장 권태로운 모방은 초심이 날아가버린 생명 없는 자신의 말과 행동을 되풀이하는 것일 게다.

언제부터인가 수업시간에 교과서에 없는 '인생'에 대해 학생들과 이야기하고 있는 나를 발견했다. 강의실 안의 자율권을 감안해도 외국어를 가르쳐야 할 주어진 시간에 너무 나간 반칙이었다. 신바람의 너울이 그들의 시야에서 반칙을 가려주었던가. 반칙을 일삼기 시작한 후, 전에 없던 내용의 편지들이 눈에 띄었다. 기말 시험 때가 되면 가끔 시험지 빈칸에 빼곡히 편지를 쓰는 학생이 있었다. 시험은 못 봤지만 점수를 좀 봐달라는 것이다. 그래야 졸업을 할 수 있고 이미 약속된 직장에 취직할 수 있다는 등 예견된 사연이 대부분이었다. 이번엔 학점 얘기가 아니라 '기氣의 소통'에 대한 화답이었다고 할까. 반칙에 대한 합의였다고 할까 어쨌든 예견치 못한 편지들이었다.

'정해진 규범에서 벗어나, 해야 될 상황이면 하고, 하지 않아야 될 상황이면 하지 않는 삶' 그것은 어마어마하게도 공자의 시중時中에서 그리 멀지 않은 권도權道의 세계다. 거인巨人의 땅이다. 억겁을 산다 해도 소인小人이 이를 수 있는 곳이 아니다. 소인이 그대로 따라하다간 기인奇人이 되기 십상이다. 하지만 소인에게도 길이 아주 없는 것은 아니다. "아름다움을 위해서라면 어기지 못할 규칙이 없다. 규범을 깨는 가장 강력한 힘은 사랑이다"라는 어느 예술가의 고백에서 위로받고 싶다. 지천명을 넘어 만난 '존재에 대한 사랑'이 교실 안에서 때때로 반칙을 저질렀다 한들, 정녕 죄 있다 할 것인가.

얼마 전 가까운 문우가 거침없이 던진 농담이다. "당신 처음 문단에 들어올 땐 꽤 괜찮았는데 이젠 많이 망가졌어." 문우의 말이 맞다. 멀리 거슬러 올라갈수록 나의 사고와 행동은 논리 정연했었다. 언제부턴가 나는 그 가지런함에서 벗어나고 싶었다. "이성理性, 이론理論, 이상理想 등 문제는 이理라는 글자에서부터 시작된다"는 어느 작가의 익살이 마음에 꽂힌 지 오래다.

다양성을 외면한 이성적 질서는 "깊이를 알 수 없는 심연 위에 걸쳐 있는 불안정한 가교"라는 비유는 음미할수록 함의가 깊어진다. 다양성을 따라 물색없이 사유가 자기 확장으로 내달릴 때, 내 언어는 수없이 좌절한다. 그럼에도 오직 존재를 향한 그리움 하나가 창작의 계절을 허락하는 생명이기를 바라며 쓰고 있다.

# 퇴고推敲

세계적 공공건물을 100여 개도 넘게 지은 독일의 현대 건축가 귄터 베니쉬는 일단 건물을 완성하고 나면 다시는 자신의 작품 앞에 얼씬도 하지 않는 것으로 유명하다. 천재 건축가 가우디는 작품이 마음에 들지 않으면 부수고 다시 짓기를 주저하지 않는 까다로운 예술가였다고 한다. 그 어느 편이든 조형예술가의 영혼은 선악의 문제로 고민하지 않는다. 그들은 탐미적 세계를 극대화하는 일에 매진하면 된다. 어떻게 사는 것이 인간다운 삶인지 고뇌하는 미망은 문학작품을 창작하는 작가에겐 운명이다.

영면하기 한 해 전 82세에 마지막 작품『파우스트』를 탈고한 괴테는 작품을 봉인하고 사후 발표할 것을 유언했다. 작품 창작에 60여 년이 걸린 이 대작에서 어떤 이념을 구현하려고 했는지 궁금해하는 세상의 질문에 괴테는 이렇게 대답했다.

“마치 나 자신은 그것을 알고 있어서 말해줄 수 있다고 믿는 모양이다. 내가 만일 그 속에서 묘사한 다채롭고 다양한 인간의 삶을 하나의 보편적인 이념이라는 실로 꿰보려 했더라면 작품은 물론 멋있게 나왔을지 모른다. 그러나 일관된 이념에 따라 쓰여진 작품은 이해하기는 쉽지만, 문학작품이란 오히려 동일한 기준으로 약분할 수 없고 오성으로 파악할 수 없을수록 더욱 좋은 작품일 수 있다."

괴테는 개인적으로 죽음 후의 영생永生을 믿었다. 아니 믿을 권리가 있다고 했다.

"나는 나의 생명이 다하는 마지막 순간까지 쉬지 않고 일했다. 자연이 이승에서 나의 정신을 더 이상 붙잡아주지 못할 때에는 자연은 나에게 다른 또 하나의 존재양식을 지정해줄 의무가 있다."

생애에서 단 한 달을 편히 쉰 적이 없었다는 괴테는 지칠 줄 모르는 인생탐구자였다. 문학사는 괴테를 가리켜 한 사람의 작가가 아니라 '하나의 세계'라고 기록할 만큼 그의 문학은 넓지만, 그에게 인간이란 '동일한 기준으로 약분할 수 없고 오성으로 파악할 수 없는' 불가지의 존재로 남겨졌다. 괴테가 말년에 젊은이들에게 대작을 구상하지 말라고 충고한 것은 나이 들수록 보이고 들리는 세계가 확장되는 인생의 체험 때문이었을 것이다. 그가 신을 향해 '영생'의 권리를 주장한 것도 '인간 존재'에 대하여 끝내지 못한 퇴고를 염두에 둔 것 아니었을까 상상해본다.

글 한 편을 마무리하기까지 50번 넘게 퇴고한다는 어느 칼럼니스트는 퇴고를 거듭할수록 안 보이던 것이 보이고 들리지 않던 것이 들린다고 했다. 작가에게 창작의 세월은 퇴고의 세월이다. 사유의 세계 안에는 금기가 없다. 생각을 따라가다보면, 의문과 부정과 긍정이 거미줄처럼 얽혀서 빠져나갈 출구를 잃게 된다. 더구나 수필은 좁은 지면 안에서 정신의 용적을 극도로 응축해야 하는 밀도 높은 퇴고의 장르다. 그래도 구원의 손길은 있다. 졸고를 넘겨야 할 정해진 날짜다. 하나의 작품을 탈고한다는 것은 필요에 의한 '우선멈춤'일 뿐 완성은 아니다. 작품은 작품으로 이어지는 퇴고의 연장일 터다.

분석심리학자 칼 융이 들려준다. "도덕적 인간의 비도덕적인 면은 비도덕적 인간의 도덕적 본성과 마찬가지로 무의식 속에 매몰되어 있다. 판단에서 극단적인 선택을 피해야 하는 이유는 언제나 그 반대가 진실이 아닌가 의문이 생기기 때문이다." 선택의 어려움은 다양성 자체에 있지 않다. 보라색을 좋아해도 초록색을 좋아해도 모두가 아름다움이다. 자연 속엔 진위가 따로 없다. 모두가 진실이다.

오로지 사물을 판단하고 선택해야 할 때에만 이성의 휘둘림을 받는다. 고뇌의 시작이다. 때로는 이미 선택했던 판단과 행동에 대한 미심쩍음과 회한에 평생을 매달린다. 루소, 어거스틴, 톨스토이 등 참회록을 남기고 떠난 사람이 많다. "신이 인간에게 부여한 정신적 자유, 즉 선악을 선택할 수 있는 자유는 너무나도 연약한 인간에겐 축복이 아니라 오히려 저주"라고 절규한 도스토옙스키도 그들 중 하나다.

참회록이라는 표제가 붙지 않았을 뿐 괴테의 『파우스트』도 참회록에서 멀지 않다. 학문에 대한 지고의 헌신이 사람을 악덕이나 우행으로부터 안전하게 지켜줄 수 없음을 등장인물 파우스트 박사를 통해 문학적으로 통속화한 작품이다. 파우스트적 인간의 내면에는 악마 메피스토가 공서共棲하며 활동한다. 메피스토는 파우스트적 인간의 한 부분이며, 괴테 자신의 한 부분이기도 하다. 방종한 모험심으로 난파를 당해야 했던 파우스트적 천재가 구원받기 위하여 바친 영혼의 순례는 멀고도 멀다. 혼신을 다 바쳐 거듭나기를 염원하지만 이미 우주에 입력된 삶의 기록은 녹녹지 않다. '인간은 망각이 불가능한 동물이다.' 역사 없이는 살 수 없는 존재가 인간이다.

가장 불만한 TV 프로그램은 〈동물의 왕국〉이다. 튼실한 나무 등줄기에 매달린 잠자리의 유충에서 젤리같이 말랑말랑한 잠자리의 몸통이 위쪽으로 쏘옥 빠져나온다. 잠자리의 탈각이다. 생명을 얻은 잠자리는 곧 날개를 펴서 어딘가로 날아갈 것이다. 잠자리가 빠져나간 딱딱한 구각은 순식간에 생명 없는 물체가 되어버렸다. 이제 잠자리는 자신의 몸이 갇혀 있던 껍데기와는 아무 상관이 없다. 잠자리가 빠져나간 세포 없는 껍데기는 나무에 오래 매달려 있지 못할 것이다. 머지않아 나무 밑으로 떨어져 낙엽들과 더불어 부엽토가 되어 흔적 없이 자연으로 돌아가겠지.

잠자리가 유충에서 탈출하는 과정은 온전한 자연의 손길이다. 한번 빠져나오면 그것으로 끝이다. 정녕 잠자리의 자유가 부럽다. 아무리 참회록을 쓰고 또 써도, 사람은 잠자리에게 주어지는 망각의 행운을 부여받지 못한다. 50번 그리고 또 50번 작품의 퇴고를 거듭해도 끝이 안 보이는 까닭은 작품 안에 있지 않다. 작품 밖에 있는 삶을 작품 안으로 가까이 더 가까이 포개보려는 끝없는 자기 응시의 연금술이 되고 아닐까 한다.

# 회심回心의 반전

누드화 한 점이 조간신문 꼭대기에 여보란 듯 누워 있다. 이탈리아 화가 아마데오 모딜리아니가 1917년에 그렸다는 〈누워 있는 나부裸婦〉다. 당시 유럽에서도 외설시비로 시끄러웠다는 이 그림이 2015년 뉴욕에서 우리 돈 약 2천억 원에 낙찰되었다니 신문에 날 만도 하다. 미술품 경매사상 두 번째 최고가라고 한다. 첫 번째로 비싼 그림은 피카소의 〈알제의 여인들〉이라고 했다.

그래도 피카소의 초현실주의 작품은 화가의 상상력이 평면의 화폭을 뚫고 어디엔가 입체적으로 살아 있을 것 같은 추측이나마 안겨주지만, 두 번째로 비싸다는 모딜리아니의 누드화는 누워 있는 발가벗은 여인의 나신 하나가 전부다. 미술작품의 예술적 가치를, 그리고 작품과 경매가격이 어떤 관계에 있는지 내가 알고 싶다고 알 수 있는 일이 아니다. 더구나 예술작품에 대한 해석에서 상대적 관점주의가 기염을 토하는 포스트모더니즘 시대에 살고 있으니 나 같은 문외한은 입도 뻥긋 말아야 한다.

어차피 나는 화가 모딜리아니의 존재를 불과 몇 주 전 중학 1학년짜리 손녀를 통해서 알게 되었다. 책읽기를 좋아하는 손녀는 초등학교 5학년 땐가 일간지의 어린이신문 기자가 되더니 독서의 범위가 더욱 넓어진 것 같다. 할머니가 글 쓰는 사람인 것이 꽤 좋은 모양이다. 우리 둘 사이의 대화가 제법 잘 통하다가도 중간 중간 끊기는 것은 언제나 할머니의 밑천 짧은 독서량 때문이다. 손녀는 기자가 된 후 우리 집에 올 때는 자신이 쓴 기사가 들어 있는 신문을 자랑스럽게 들고 온다. 테마는 그때마다 다르다. 환경, 역사, 사회, 문화 등 관심이 꽤 진지하다. 몇 주 전 손녀가 어린이신문에 쓴 칼럼은 화가 '모딜리아니의 작품세계'였다. 조간신문에서 만난 누드 그림이 낯설면서도 모딜리아니라는 화가의 이름이 반가운 건 그래서였다. 어린이신문을 다시 꺼내 손녀가 쓴 글을 펼쳐본다.

기사 안에는 모딜리아니의 자화상 한 점도 곁들여 있다. 갸름한 화가의 얼굴에는 눈동자 없는 눈이 그냥 검은 색 굵은 선으로 그어져 있다. "유난히 길고 가는 목과 동공 없는 눈. 왜 모딜리아니는 유독 인물화에 집중했을까. 모딜리아니는 모델과 작가와의 교감을 원했다. 마음의 창인 눈을 주시하면서 상대방의 내면을 알게 될 때 비로소 눈동자를 그려넣었다고 한다. 모딜리아니의 인물화는 인간의 내면세계에 대한 성찰의 결과물인 것이다." 수필이라는 정원에서 배회하는 할머니의 시선도 '인간의 내면'을 들여다보는 일에 꽂혀 있다는 것을 손녀는 짐작하고 있었기에, '모딜리아니의 작품세계'를 들고 오는 발걸음이 더욱 신바람 났을 것이다.

모딜리아니라는 화가에 대해서 나도 알고 싶어졌다. 당대 유럽의 많은 예술가들이 그랬듯 화가 모딜리아니도 가난과 병마 속에서 인생의 부조리광장에 내동댕이쳐진 가여운 반항아였다. 방황하던 그가 33살에 14살 연하의 잔느를 만나 동거하며 안정을 찾는 듯했으나 3년 후 병마를 이기지 못하고 세상을 뜬다. 모딜리아니를 지독히 사랑하던 잔느도 뒤이어 자살로 생을 마감했다. 당시 유럽사회에 파문을 던진 애절한 사랑이었다. 모딜리아니는 특히 자신의 자화상이나, 사랑하는 여인 잔느를 모델로 그린 인물화에서는 눈동자 없는 눈을 그냥 단색으로 칠해놓았다. 그러면서 사랑하는 이에게 "당신의 영혼을 알게 될 때 눈동자를 그릴 것이다"라고 말했다고 한다.

지난해 한 출판사의 호의로 연말 전에 에세이집을 내기로 하고 달리기선수처럼 책 출판을 향해 꽤 힘을 붙여 뛰었다. 원고 넘길 날짜가 바짝 다가오던 어느 날, 책이라는 성과물에 매진하던 에너지가 사탄같이 나를 옥죈다. 이런 걸 회심이라고 하는가. 책이 뭐길래! 작가가 글을 쓸 때는 독백이 아닌 담에야, 남에게 읽히기를 소망하지만, 독자를 위해서보다는 독자와 소통하고 싶은 자기 자신을 위해서 쓴다. 창작의 궁극적 의미는 작가의 자기 구원이다.

언어는 소통의 수단일 뿐 소통의 원자재는 불립문자 '마음'이다. 내가 글을 쓰기 위해 모아들이는 지식은 영혼의 혈관 속에서 영양이 될 때까지 숙성의 시간을 기다려주지 않았다. 양을 살찌우기 위해 먹이를 주는 착한 목동이 아니라 양들의 끼니를 해결하기 위한 조급한 양치기였다. 마음을 얻지 못하는 서두름으로 글을 쓰는 밀어붙이기는 작가나 독자 누구에게도 유익이 없다.

출판사에 신의 없는 저자가 되는 것을 감수하며, 정리하던 원고를 팽개치다시피 밀어놓고 빈둥대는 나날이 이어졌다. "지식의 저주와 창조의 고뇌에서 해방돼 행복한 일상 속에서 사랑하며 살고 싶은" 어느 문호의 소망을 알 것 같았다. 그런데 얼마 안 가, 쓰지 않는 나날의 고달픔이 창작의 노고보다 훨씬 무거워진다. 알 수 없는 불안에 저항할 수 없는 이 부자유의 옹두리가 어딘가에 있긴 있을 터다. '평범한 일상에 대한 동경을 품고 있으면서도 역설적이게도 그것들에 대한 경멸을 강하게 지니고 있기에, 결코 그들의 세계에 진입할 수 없는 내적 갈등'이 어찌 위대한 문호의 고뇌이기만 할까. 모든 예술가는 방황하기 위해 태어난 피조물인가.

모딜리아니는 끝내 사랑하는 여인의 눈동자도 그리지 못했고, 그 자신의 눈동자도 그려넣지 못했다. 화가 모딜리아니가 36세라는 이른 나이에 요절하지 않았다면, 동공 없는 인물화에 모두 눈동자를 그려넣었을까. 화룡점정畵龍點睛은 그냥 먹물을 쿡 찍어 눈동자를 그려넣는 작업이 아니다. 모딜리아니는 '눈동자 없음'으로 이미 자신의 인물화에 화룡점정을 끝낸 것이다. 그의 그림들은 미완성이 아니라, 할 수 있는 일을 다 바친 정직한 예술혼의 완성인 것이다. 물론 그가 그린 인물화마다 눈동자를 그려넣지 못할 만큼 고뇌하진 않았다. 그는 먹고살기 위해서 남의 초상화를 많이 그린 화가였다. 호구를 위해서 돈 받고 그려준 인물화에 만일 눈동자를 그려넣지 않았다면 모델의 주인공이 그림을 사주기나 했을까. 동공 없는 눈은 일상과 관습에 발목 잡힌 사람들에겐 장애인 이외에 무엇을 의미하겠는가.

손녀 덕분에 모딜리아니의 눈동자 없는 눈을 알게 되었고, 화가의 고뇌가 문필가의 내면에서 그리 멀지 않다는 것도 알게 되었다. 눈동자를 그려넣지 못한 화가가 그림 그리기를 멈추지 않았듯, 나도 다시 원고지 앞에 앉아 작품의 파편들을 모아 책을 엮는 것 말고 무슨 길이 있겠는가.

## 자연의 존재방식

헐렁하던 정원에 영산홍 세 그루를 새 식구로 맞아들였다. 줄기도 가지도 튼실하게 자라면서 해를 거듭할수록 다산의 여인처럼 풍만하게 꽃을 피워냈다. 붉은 열정 덕분에 작은 정원이 전에 없이 꽉 찬 느낌이었는데 이상하게도 그 중 한 그루가 봄이 지나 여름이 되었는데도 살았는지 죽었는지 기척이 없다. 줄기도 가지도 잎도 어디에서도 생명의 기미를 느낄 수 없다. 원인은 알 수 없지만 나무 관리자인 내 탓 같아서 볼 적마다 마음을 그늘지게 했었다.

나무를 아주 포기하진 않았지만 그렇다고 적극적으로 살려보려고 손을 쓰지도 않았는데 뜻밖에도 올해에는 언제 그랬더냐 싶게 잎과 꽃이 흐드러지게 만개하는 것 아닌가. 무엇이 이 생명을 다시 태어나게 했는지 신기하기만 하다. 생명의 부활에 내가 한 일이 없으니 무위無爲요, 저절로 살아났으니 무불위無不爲런가. 노자老子의 무위이무불위無爲而無不爲가 얼마나 현현玄玄한 도道의 인식세계인지 가뭇하지만 어쨌든 저절로 살아난 영산홍은 나의 '하지 않음'으로 인한 뜻밖의 수확이었다. 살아난 나무가 반갑고 기쁘면서도 마음 한구석에선 착잡한 아쉬움이 가시지 않았다. 살아오는 동안 영산홍에 한 것만큼만 손대지 않고 지켜보았더라면 많은 것들이 지금보다는 더 좋아졌을 것 같아서였다.

그동안 나는 정원에서 자라는 한 그루 나무보다는 내 삶에 더 밀착되어 있는 대상들에게서 내 맘에 딱 맞는 꽃을 피워보려고 날 선 관심을 쏟았다. 아니 욕심을 쏟았다. 보이지 않는 땅속의 뿌리가 제대로 뻗어가고 있는지 마음 쓸 여유 없이, 바람 따라 하늘거리는 나뭇잎의 몸놀림에 일희일비했다. 나무가 자라고 있는 대기大氣를 심호흡하지 못했다. 무위란 게으른 사람의 '하지 않음'을 의미하지 않을 터다. 자연에 순명하는 무욕의 성숙함, 모든 것을 자연에 맡기는 통 큰 위탁자의 삶이 무위라면, 맡겨준 신뢰에 정직하게 보답하는 자연의 존재방식이 무불위라고 여겨진다.

정원의 영산홍이 살아나기까지 아무것도 하지 않은 나의 부작위를, 자연에 순명하는 무위와 비교하는 것은 당치 않지만 그래도 성급하게 나무를 뽑아내지 않았고, 꽃을 보려는 조바심으로 선부르게 손대지 않았다. 덕분에 나무는 생명을 찾았고 나는 다시 꽃을 볼 수 있는 행운을 얻었다. 나에겐 행운이었지만 나무와 꽃은 자연의 여여한 운기에 자신을 맡겼을 뿐이다. 내가 모르는 사이

흙과 태양과 바람은 잠시도 멈추지 않고 죽어가는 이 생명을 살려내는 데에 에너지를 쏟았을 것이다.

자연은 항상 연기緣起의 그물망으로 중중무진하게 얽혀 있는 관계 속에서 부단히 욕구하며 움직이고 있다. 번데기에서 나오는 나비를 도와주려고 태양열이 아닌 입김을 불어넣어 순식간에 나비를 기어나오게 만들었지만, 몇 초 뒤 필사적으로 몸을 떨다가 죽어간 가녀린 나비의 시체를 손바닥에 놓고 '자연의 법칙을 거스르는 행위가 얼마나 무서운 죄악인가' 깨달은 카잔차키스의 고백은 세월이 흐를수록 나의 고백이 되어가고 있다. 카잔차키스가 무덤까지 안고 간 '자유'의 심연은 궁극적으로 자연의 세계일 수밖에 없음을 알게 된다.

나비가 사람의 손을 타듯 사람도 사람의 손을 탄다. "상대방을 자기 비슷하게 만들려고 하는 노력을 흔히 사랑 혹은 애정이라고 착각한다. 대상에 대한 애정의 도가 높으면 높을수록 그 착각의 도도 높아진다." 어느 작가의 이 통찰대로라면 지독하게 사랑받는 사람일수록 사랑의 수혜자가 아니라 사랑의 피해자가 될 수도 있음이다. 억울한 상실이다. 가장 사랑하는 사람을 가장 큰 피해자로 만들 수 있다는 반어는, 너무 만성적인 상처라서 숫제 우리 몸의 일부가 되어 있는지 모른다. 그저 적당한 거리에서 적당한 무관심으로 나무의 해거리를 지켜보듯, 대상의 자기 성숙을 지켜볼 수 있는 부작위만 있었더라도 내 인생의 다른 곳에서도 우리

집 영산홍이 나에게 안겨준 기쁨이 꽃 피었을지 모른다. 이제 피해자와 가해자가 둘이 아니라는 사랑의 자기 법칙이 발목을 잡고 있다.

인생이라는 장애물경기를 넘다보면 수도 없이 걸려 넘어지게 마련이다. 툭툭 털고 일어나 다시 뛰면 그만일 텐데 그게 안 된다. 장애물에 걸려 넘어진 것이 아니라 인과의 그물망에 걸려 넘어진 것 같아서다. 집도의가 수술을 시작할 때 살갗을 찢고 신체 내부를 드러내지만 찢은 살갗을 봉합하는 능력이 생명을 살리기 위한 마지막 단계다. '내가 왜 그랬지'라는 감성적 비애를 털어내고 '최선을 다했다'는 낙관적 의지를 심는 자기 변혁은 나의 뱃심만으로는 되지 않을 것 같다. 걸려 넘어진 보이지 않는 걸림돌이 어디엔가 박혀 있을 것이다. 많은 선인들이 남기고 떠난 참회록은 대안 없는 자기 치유의 마지막 선택이었을 것이다.

일년이면 6개월 쓰고 6개월 퇴고한다는 소설가가 있듯, 인생의 전반부에 본문을 썼다면 인생의 후반부는 지우고 또 지우는 퇴고의 시간일 수도 있다. 퇴고에 지친 어느 작가의 탄식이 나를 놓아주지 않는다. "진정한 인간적인 것에 동참하지 못하면서 인간적인 것을 표현하려니 죽도록 피곤하다." 자연 스스로 할 수 있도록 방해하지 않는 인간의 '제로 동참'만이 진정한 인간적인 것에의 동참 아니겠나.

망망대해에 내동댕이쳐진 일엽편주는 온통 자기 집착으로 철갑을 두른 채 파도에 밀려 들까불려졌을 뿐, 자연으로의 회귀를 위한 대자적對自的 항해가 아니었기에 또한 그토록 피곤했을 것이다.

# 모녀

이미 저지난 세기에 유럽에서 일어난 산업혁명의 조류가 한국전쟁을 통해서야 비로소 한국인의 살갗에 와닿은 것일까. 1950년대 말 억세게 밀려들어온 서양 문물의 파도를 타고 나도 대학엘 입학했다. 나의 어머니세대에는 바랄 수 없었던 시대의 행운아가 된 것이다.

투피스 양장 차림에 서류가방 같은 책가방을 들고 대학 캠퍼스를 활보하던 나는 비녀 꽂은 머리에 외출 때는 언제나 한복 차림을 하시던 어머니의 모습을 보면서, 우리 사이에는 단 한 세대라는 시간적 차이만으로는 설명될 수 없는 역사의 축지법 같은 것이 일어나고 있다고 생각했었다. 그러면서 다시 한 세대 후, 나와 내 딸 사이에는 이런 양극적인 이형의 문화가 한 지붕 밑에서 공존하는 일은 절대 없을 것이라고 확신했었다. 이미 '변할 것은 다 변했으니' 더 변할 것이 없을 것 같았다.

과연 그로부터 한 세대 후 나의 딸들이 대학에 입학할 때쯤, 나의 예측은 그리 틀린 것이 아니었다. 딸과 외출복을 바꾸어 입기도 하고 가끔은 우아한 찻집에 마주 앉아 커피를 즐기며 무슨 연극, 무슨 영화가 어떻더라는 등 문화적 콘텐츠를 공유하기도 했다. 글자 그대로 우리는 문화의 시대적 동반자였다. 이런 일은 나와 어머니 사이에서는 한번도 있어본 적이 없었다. 적어도 1989년 어느 날 갑자기, 정말 갑자기 베를린 장벽이 무너지고 동서의 냉전이 완전히 종식되면서 세계화물결이 지구를 삼킬 때까지는 나와 내 딸은 같은 시대를 호흡하며 살아가는 행복한 파트너였다.

그로부터 몇 년이 지났을까. 오대양 육대주의 그 넓던 지구를 사람들은 '지구촌'이라고 부르기 시작했다. IT문화라는 제2의 산업혁명이 졸지에 지구인을 하나의 그물망에 끌어 담은 것이다. '미래는 준비하는 사람에게만 온다. 변해야 산다'는 목소리가 마치 한국전쟁 때 듣던 '인민군이 쳐들어오고 있다. 피난을 가야 산다'는 비명처럼 다급하기 짝이 없다. 정말 세상은 변하고 있었다. 이제 물리적 공간에서 개미처럼 일하는 사람은 흘러간 산업사회의 머슴으로 남겨질 것이라고 했다. 사이버 공간에서 거미처럼 정보망을 잘 쳐놓기만 하면 지구의 방방곡곡에서 일어나는 정보와 이익을 앉은 자리에서 챙길 수 있으니 세상은 축지법을 아쉬워할 것도 없다. 지구촌이라는 단일 공간을 눈 깜빡할 사이에 활보하는 그들 앞에서 나는 지구 밖으로 쫓겨나는 외계인이 되는 느낌이었다. 가속도가 붙는 그들의 행보는 시간이 흐를수록 나에게 고립감을 더해주었다.

물론 딸아이도 나를 떠나 사이버 공간의 망망대해로 때맞추어 출항했다. 컴퓨터 앞에 앉으면 참담한 지진아가 되어버리는 나는 내 어머니를 생각한다. 어머니와 나 사이에는 기껏해야 파마머리와 쪽진머리, 투피스 양장과 한복 치마저고리 같은 겉모습의 차이는 있었을망정 어머니를 지진아로 추락시킬 아무것도 없었다. 어머니는 당시로서는 흔치 않은 제도교육을 받으신 분이니 시대적 배경을 감안한다면 어머니가 나보다 훨씬 앞선 신여성이었다. 그런데도 나는 어머니와 나 사이에는 건널 수 없는 깊은 강이 가로놓여 있고, 딸과 나는 한 연못의 물고기라고 생각했었다. 이제 나와 내 딸 사이를 갈라놓는 문명의 강은 나와 어머니의 그것과 비교할 수 없이 깊어가고 있다. 앞으로 또 언젠가 딸아이와 또 그 딸 사이에 가로놓일 강의 깊이와 넓이를 상상해보는 건 부질없는 일이다.

역사를 예언하는 어리석음은 얼마나 가당찮은가. 맬서스는 200여 년 전 『인구론』에서 '인구의 증가는 기하급수적으로, 식량은 산술급수적으로 증가하기 때문에 인류의 빈곤은 자연법칙의 결과'라고 예언했었다. 물론 오늘날 기아로 고통받는 사람들이 세계 곳곳에 여전히 많이 있지만 그것은 분배와 정책에서 보완할 문제일 뿐, 농업기술의 놀랄 만한 진화는 결코 식량을 산술급수적인 증가에 머물게 하지 않는다. 인구 쪽은 어떤가. 인구의 폭증을 두려워했던 맬서스의 예언과 정반대의 걱정거리가 튀어나온 것이다. 인구 감소의 사회문제가 더 이상 서구의 문명국 얘기가 아니다.

한국의 저출산문화가 날이 갈수록 심각해진다는 뉴스를 접할 때마다, 불과 수십 년 전 다산多産의 한국 가정문화를 계몽하기 위해 정부가 외쳤던 구호가 흘러간 노래처럼 귓전을 울린다. '아들 딸 구별 말고 둘만 낳아 잘 기르자'는 산아제한의 슬로건이 실효를 거두지 못하자, 급기야 아파트 당첨권 부여에 특혜를 주면서까지 젊은 가장家長들에게 정관수술을 권장했었다. 이 제도가 당시 폭증하는 한국의 인구를 얼마나 제어했는지 알 수 없지만, 혹시 그때의 급한 불 끄기 방편이 오늘날 세계에서 가장 낮은 한국의 저출산문화의 배아가 되진 않았는지, 종잡을 수 없는 역사의 춤사위에 혼란스럽기 그지없다.

'미네르바의 부엉이는 황혼이 되어야 나른다'고 했던가. 미래는 알 수 없는 것. 모름지기 뒤돌아볼 때에만 자신이 걸어온 발자국을 확인할 수 있는 것이 역사다. 어머니세대와 구별되던 내 삶의 행운이 그토록 졸지에 무너지게 될 줄 꿈엔들 알았으랴. 정보시대의 높은 파고에서 헤엄쳐 살아남는 일이 가능할 것 같지 않다. 그래도 시대의 아웃사이더로 밀려나는 소외가 마냥 서럽지만은 않다. 세월의 바람을 타고 어느덧 인생 팔십이라는 능선을 지났다. 나를 스쳐지나간 갖가지 문명사의 발자국을 눈으로 확인하며 역사 앞에서 겸손을 배운다. “이미 변할 것은 다 변했다”고 믿었던 나는 그 때 다가올 미지의 문명세계를 백지로 남겨 놓았어야 했다.

문명세계 뿐이겠는가. “우리의 생각과 마음은 시시각각으로 변하기 때문에 사물의 본질을 판단할 수 있는 근거가 못되므로 우리는 판단을 중지해야 한다.” 많은 철인哲人들이 이구동성으로 남기고 떠난 인생론이다. 인간으로 태어났으면서 인간이 무엇인지 몰라 헤매는 방황은 팔십을 열 번 더 산다 해도 끝나지 않을 것임을 알고 있다. 디지털시대를 눈으로 목격하면서 겸손을 배울 수 있었듯, ‘판단 중지’에 귀를 기울이다보면 자연을 향한 어둡던 청각도 아주 조금씩은 밝아지지 않을까 소망하며 살아간다. 사람이라는 종種으로 태어난 우연성이 우연으로 생각되지 않는다.

# 알파고와 사바고娑婆苦

아들에게서 컴퓨터 배우기를 포기해야 될 것 같다. 자제력을 잃을 만큼 절망하는 아들의 모습은 무서우리만치 나를 닮았다. 오래 전 그 애가 대학 수능시험을 앞두고 발등에 불이 떨어졌을 때 과외비도 줄이고, 또 부모만큼 간절한 마음으로 자식을 가르칠 사람이 어디 있을까 싶어 아들의 과외 독선생이 되었던 적이 있다. 간절함이 초조함으로 변하더니 상처주고 몰아붙이기의 연속이었다. 내가 컴퓨터를 배우면서 아들에게 '너도 내 나이 돼봐라'고 나무랄 수 없는 이유다.

생명을 다루는 의사는 가족을 직접 집도하여 수술하지 않는다. 수능시험을 앞둔 절박한 시기에 엄마가 아들의 수험공부에 직접 뛰어든 건, 당황한 집도의가 갈팡질팡 가족을 수술대에 눕힌 실족과 다르지 않았다. 자식을 서로 바꾸어서 가르치라는 맹자의 역자교지易子敎之는 자식에 대한 인간의 맹목적 욕망을 간

파한 구원의 처방이었구나 싶다. 대상에 집착하여 일을 그르치는 것이 어디 자식교육뿐일까. 욕심이라는 감정이 발동하면 평소 쌓아올린 이성의 성곽은 와르르 무너진다. 너무나 익숙한 보통 사람들의 일상이다.

'당국자 미當局者 迷요, 방국자 명傍局者 明'이라고 했다. 이겨야겠다는 욕심으로 바둑알을 옮기는 당국자보다는 옆에서 훈수두는 방국자가 더 잘 볼 수 있는 이치다. 몇 년 전 알파고라는 인공지능이 회오리바람처럼 한국 땅을 휩쓸었다. 바둑알에는 검은 돌과 흰 돌이 있다는 것 외에는 아는 것이 없는 나도 인간 최고의 바둑기사 이세돌의 말을 알아들을 수 있었다. 그는 인공지능 알파고와 대국을 앞두고 이렇게 말했다. "아직은 기계가 인간의 창의력에 못미친다고 생각한다"며 승리를 예견했었다. 그런데 이세돌이 인공지능에게 패한 후 한 말은 달랐다. "감정을 갖지 않은 알파고를 감정을 가진 인간이 이길 수 없었다."

사람과 사람이 마주 앉아 즐기던 평화로운 바둑판을 인공지능이라는 토네이도가 이렇게 뒤엎을 줄 누가 예측할 수 있었을까. 당국자도 방국자도 자리만 다를 뿐 승자가 되려는 욕망을 품기는 마찬가지다. 인공지능은 애당초 욕망이라는 감정이 완벽하게 박제된 순전한 지능덩어리 아닌가. 인간은 고수에게 당하면 위축되게 마련이다. 사소한 실수에도 상심하는 인간과 달리 알파고는 어떤 상황에도 흔들림이 없다. 감정이 없는 알파고에게는 평정심이라는 어휘는 필요하지도 않고 의미도 없다. 평정심은 사바고娑婆苦에 휘청거리는 인간이 간절히 소원하는 마음의 평화다.

해탈을 위해 입산수도하는 구도자마저 해탈이라는 욕심은 버릴 수 없을 터다. 신은 감정의 존재 인간을 만들었고, 인간은 감정을 거세한 알파고를 만들었다. 인간은 자신이 도달할 수 없는 해탈의 모상 알파고를 만들어내고 싶었던 걸까. 감정은 인간의 몸뚱어리가 잉태될 때 입력된 유전자이고, 이성은 내재적 가능성으로 부여받은 정신력이다. 초기 기독교 박해시절 알렉산드리아의 교부 오리게네스 신부는 초인적 절제와, 순교에 가까운 믿음으로 완덕의 삶을 살았건만 성인품에 오르지 못했다. 스스로 거세했다는 낙인 때문이었다. 운동선수에게 약물복용이 반칙이듯, 거세한 수도자도 창조주가 마련해놓은 인생이라는 달리기경기장에서 반칙을 저지른 것인가. 장애물 없는 레이스에서는 아무리 잘 뛰어도 우승의 트로피가 주어지지 않는다. 신이 처음부터 인간이라는 피조물 안에 감성과 이성이라는 힘겨루기의 형질을 동시에 심어놓은 것이 창조의 비밀이라는 것만 우리는 알고 있다.

철학자 강신주는 그의 『감정수업』이라는 책 속에서 48편의 국내외 명작 문학작품들을 예외없이 스피노자의 『에티카Ethika』에 담갔다가 건져냈다. 17세기 당시 대부분의 철학자들이 이성의 윤리학에 몰두할 때 스피노자의 윤리학은 개인의 욕망이라는 감정에서 출발했다. 이성적 세상을 위해 개인의 욕망이 검열받아야 하는 사회윤리학에 맞서서, 스피노자는 인간의 욕망을 보호하는 '감성윤리' 편에 섰다. 감성윤리는 한마디로 내가 지금 정당하게 내 감정을 누리고 있는지 돌봐야 할 윤리다.

스피노자의 자유정신은 그의 인생역정에서 얻은 선물이자 형벌이었다. 스페인에 살던 스피노자의 조상은 당시 유대인들의 천국이었던 네덜란드로 이주했다. 네덜란드에서 스피노자는 유대인 학교와 교회를 다녔고 히브리어를 마음놓고 배울 수 있었다. 그러나 신앙의 자유는 오히려 스피노자로 하여금 자신이 배웠던 유대교적 성서 해석에 불만을 품게 했으며, 급기야 그는 1656년 스물네 살의 나이에 유대교에서 파문당했다. 그에게 따라다니던 이단자, 배신자라는 유대사회의 비난 때문에 『에티카』는 그의 생전에 출판되지 못했었다. 스피노자는 감정에 충성하다가 시대의 수문장이던 이성이라는 무기에 희생된 순교자였다.

무서운 건 알파고가 아니라 인간 자신이 알파고가 되어가는 것이라고 말들 한다. 이미 물리학자 스티븐 호킹 박사는 "인류가 인공지능을 너무 많이 발전시킬 경우 인류가 위협받을 수도 있다"고 경고했었다. 역사학자 유발 하라리는 인공지능과 인간의 관계가 지금보다 훨씬 복잡해질 것으로 예견했다. 싫건 좋건 인공지능시대에 살 수밖에 없는 오늘의 세계시민은 앞으로 인간의 감성영역에 어떤 변화가 일어날지 알지 못한다. 그런데 한국 땅 안에서는 이미 인공지능을 닮아가는 풍향계를 감지한 지 꽤 오래되었다.

바둑의 발상지는 중국이고 바둑문화는 일본에서 꽃피웠다는데 왜 하필 한국의 이세돌 9단이 알파고의 대국자로 선택받았을까. 이세돌 개인의 바둑 실력 이외에 환경적 프리미엄은 없었을까. 미지의 세계에 도전하는 독창력보다는 그리고 창작에 몰입하는 내면의 즐거움보다는 이미 존재하는 외형적 잣대에 맞추려는 한국의 지능교육 풍토야말로 알파고가 자신의 존재감을 드러낼 수 있는 최적의 이웃인지 모른다. 오로지 명문대 입학 하나를 위해서 아이들을 학원가로 뺑뺑이 돌리는 한국의 부모들에게서 알파고는 남다른 친족성을 감지한 것 아닐까.

인간의 역사 속에서 일렁이는 예측불허의 소용돌이가 아무리 격랑이 높아도 흘러가는 방향은 오직 한 곳 '자연'이라고 믿고 있다. 『에티카』의 저자 스피노자가 부활한 오늘의 포스트모더니즘은 변증법의 시간적 순환이 아니라, 인간이 본성이라는 자연을 찾아가는 무한지평에 연해 있을 뿐이다.

알파고와의 게임에서 패자가 되면서도 "바둑을 재미있게 두었다"는 젊은 명인 이세돌의 밝은 표정이 TV 화면을 기쁨으로 가득 채워주었다. 순간 대학 입시를 위해 아들의 마음을 마구 상처냈던 일이 떠올라 또 한번 착잡한 마음 지울 수 없었다.

# 불한不汗의 예술

이사를 마치고 낯선 동네에서 가족들과 처음 음식점을 찾았다. 넓죽한 양은 냄비에서 보글보글 김치찌개가 끓는다. 군데군데 우그러지고 거무틱틱 변색까지 된 냄비다. 이럴 수가. 한국전쟁 때 피난지에서 가난을 담아먹던 바로 그 그릇이다. '요즘 세상에 이렇게 그릇에 투자를 안 하고 어떻게 장사를 한담' 생각하는 순간 감이 잡혔다. 너덜너덜해진 새 청바지를 입고 거리를 활보하는 젊은이들이 생각났다. 이 냄비들은 공장에서 나올 때부터 애시당초 헌 것이었다.

손때 묻은 찌그러진 냄비는 새 것보다 자연스럽고, 빳빳한 새 청바지보다는 입어서 해지고 빛바랜 청바지가 더 자연스럽다. 왜 인간은 자연을 좋아할까? 답을 모르는 질문에 나 자신을 더 이상 힘들게 하지 않기로 했다. 수석수집가로 알려진 박두진 시인은 강가에 널브러진 수석 하나하나에서 무한한 시어를 만날 때마다 이렇게 탄식했다. "인간이 생애를 걸고 예술에 매달리지만, 어찌하여 아무 의도 없이 태어난 자연을 능가하지 못하는 걸까."

어느 여류화가는 자신의 그림 그리기를 "끊임없이 젖은 성냥을 그어대는 작업"이라고 표현했다. 불이 켜진 적이 있다는 기억 때문에 화가는 성냥불 그어대는 작업을 멈추지 않는다는 것이다. 그러다가 가끔 누군가의 선택이 있을 때 비로소 불꽃이 일고 작품이 태어난다. 초월자의 손길일 수도 있고, 예술가의 내공 에너지가 무르익어 발화하는 시점일 수도 있을 것이다. 어쨌든 예술가의 작품활동은 궁극적으로 자연을 닮으려는 인간의 노력 이외에 다른 것이 아니리라. 아무리 치열하게 노력해도 인간의 예술품이 자연과 같아지는 일은 영원히 일어나지 않을 것이다. 신이 인간에게 자신의 자리를 내어주겠는가.

그림 그리기가 성공하려면 흰 바탕이 먼저다. 회사후소繪事後素다. 예禮는 인仁이라는 본성本性이 있은 다음에야 필요한 덕목이라는 유가儒家의 믿음은 마치 예술가를 위해서 태어난 잠언 같다. 예술작품은 학술논문과 달라서 시간이 주어진다고 창작할 수 있는 작업이 아니다. 어느 시인의 말대로 '자연을 얻지 못하면 예술이 아니고 기술技術이 된다'. 마음이 따라주지 않으면 손댈 수 없는 것이 예술창작이다. 작품감상도 다르지 않다. "작품 앞에서 작가의 숨소리가 들릴 때까지 무던히 기다려야 한다"는 철학가 쇼펜하우어의 예술심리가 군더더기 없다. '마음에 없으면 보아도 보이지 않는다'는 공자의 목소리를 듣는 듯하다. 마음내기가 시간내기보다 어렵다는 것을 우리는 매일 체험하며 살아간다.

그래서 사람들은 예술과 기술의 중간쯤에 위치하는 무엇을 원하는가보다. 어느 인문학자의 '키치'에 대한 담론에 시선이 꽂히면서 더욱 그런 생각이 들었다. 자연을 향한 집요한 헌신 없이 가볍게 예술적 삶에 동참하는 불한不汗의 예술세계를 서양 예술사에서는 흔히 키치Kitsch라고 부른다. 어원으로는 작품을 살 돈이 없는 사람들이 진품을 스케치해서 갖는 데서 생겨난 신조 독일어라는데, 어쨌든 정전正典의 예술과 구별되는 아류적 이미지를 담고 있다. 키치가 통속예술과 다른 점은 솔직하지 않다는 점이다. 통속예술은 예술적 평가와 수준을 따지지 않고 있는 그대로 좋아하는 것을 즐기지만, 키치는 더 차원 높은 자연의 세계, 예술적 가치에 관념적으로 기생한다. 멀쩡한 냄비를 찌그러트리고, 멀쩡한 청바지를 찢는 '의도된 자연'이 멋의 세계에 등장하게 된 데에도 이렇듯 사연이 있었다.

명품 핸드백 세일이 요란하다. 백화점에 늘어선 긴 줄이 왜 뉴스거리가 되는 것일까. 명품은 대중성을 뛰어넘는 예술적 창의력으로 빚어진 작품이다. 명품이 배짱 좋게 높은 가격을 부르는 이유다. 그러나 모든 구매고객이 진실로 명품 속에서 독창적 멋과 예술성을 발견하고 아낌없이 지갑을 여는 것일까. 언론의 카메라가 명품 소비자들에게 초점을 맞추는 것은 소비자의 높은 예술적 취향에 관심이 있다기보다, 세인들의 '키치적' 삶을 조명하려는 의도가 아닐까 짐작해본다. 누구에게는 '명품이니까 비싼 것'이고 누구에겐 '비싸니까 명품'일 수 있다.

노벨문학상 심사위원 6명은 최종 후보 작품들을 놓고 그야말로 주사위라도 던져보고 싶을 만큼 어려운 선택 앞에 선다고 한다. 최후의 순간까지 고심에 고심을 거듭한 끝에 드디어 수상 작품 하나가 탄생한다. "일단 수상 작품이 결정되고 나면 그 순간부터 그 작품이 노벨문학상에 딱 어울리는 작품이 되더라"는 한 심사위원의 말이 잊히지 않는다. 뽑히지 않은 다른 후보 작품에다 노벨문학상의 이름을 붙였다 해도 역시 딱 어울리는 수상 작품이 될 수 있다는 의미로 들린다.

하지만 최종심사까지 심사위원들을 고민하게 했던 탈락 작품들은 수상작 발표와 동시에 무대에서 사라진다. 억울한 퇴장이다. 오로지 노벨문학상을 탄 작품만 명품 핸드백에 비교할 수 없을 만큼 영광을 누린다. 명성에 끌려 단박에 책을 손에 넣긴 하지만, 프롤로그나 에필로그의 도움을 받지 않고는 명작의 신분을 알아차리기 어려운 경우도 있다. 명작 안에 들어 있는 예술의 정상을 땀 흘리며 등반하기보다는 남의 독서와 해석에 기대어 명작의 외양을 구경하면서 독자의 대열에 합류하는 것이다. '고도가 너무 쉽게 너무나 아름다운 모습으로 나타나는 것이 키치'라고 했다.

찌그러진 냄비에서 김치찌개가 의기양양하게 끓고 있다. 일부러 찌그러트린 냄비지만, 제비 다리를 부러뜨린 놀부의 탐욕이 아닌 담에야 미워할 일이 아니잖은가. 그 믿음 때문에 키치의 날갯짓을 우리는 호쾌하게 '멋'이라고 부르는 것이리.

# 녹색 면허증

무사고의 모범운전자에게만 준다는 녹색 면허증이 내 손에 들어왔다. 오래 전 면허증을 딴 후 핸들을 잡아볼 틈도 없이 가족들은 나의 운전을 시작부터 반대하는 눈치였다. 나같이 아둔한 방향감각으로 운전은 당치 않다고 생각하는 모양이다. 고집부리고 오기부릴 일이 따로 있지 생명이 걸려 있는 일이니 가족들의 우려에 슬그머니 핸들을 놓고 말았다.

이번에 녹색 면허증이 내 손에 들어온 것은 가족들이 그동안 나의 운전을 극구 만류한 덕택이다. 핸들을 잡지 않았기에 신호위반도 접촉사고도 없는 무운전, 무사고의 경력으로 경찰서의 교통과에서 녹색 면허증을 받아들고 나오는데 기분이 묘하다.

서른세 살에 요절한 그리스의 알렉산더는 짧은 생애 동안이지만 역사 속에 대왕으로 기록될 만큼 업적이 컸다. 젊은 알렉산더가 세계를 정복하러 다닐 때 동행한 2백여 명의 학자와 예술가들은 자신들의 높은 안목으로 전리품들을 수집했고 그 많은 자료와 정보들은 고스란히 왕의 스승인 아리스토텔레스에게 제공되어 스승의 연구에 밑거름이 되었다고 역사는 기록하고 있다.

그로부터 2천 년이 훨씬 지난 오늘에 이르기까지 인류의 정신사는 수도 없이 여러 번 엎치락뒤치락 얼굴이 바뀌었지만 그리스 문화는 변함없이 인간의 영원한 고향, 영원한 어머니로 자리잡고 있다. 그리스는 다른 어느 시대와도 치환될 수 없는 인류문화의 원형으로 남아 있는 것이다. 이 원형문화의 하드웨어를 마련하는 데에는 알렉산더라는 젊은 정복자의 힘도 보탬이 되었을 것이다.

침략과 정복으로 많은 인명을 살상했으면서도 역사 속에서 영웅으로 호칭되는 인물 중에는 나폴레옹도 있다. 프랑스혁명의 격동기에 혜성처럼 나타난 나폴레옹은 프랑스 국민뿐만 아니라 전 유럽의 민중들을 당시의 절대군주들의 손으로부터 해방시켜준 주인공이었다. 자유·평등·박애라는 프랑스혁명의 고귀한 정신가치를 일깨워준 새로운 지도자로 떠올랐다. 많은 유럽의 지성인들이 그랬듯이 독일의 철학자 피히테도 처음에는 독일의 젊은이들에게 프랑스를 닮으라고, 나폴레옹을 닮으라고 극찬하며 격려했었다.

그러나 얼마 안 가 나폴레옹이 스스로 자신의 머리에 왕관을 얹는 제왕으로 변신하고 지칠 줄 모르는 침략전쟁의 기수가 되자 피히테는 나폴레옹을 악의 화신이라고 부르며 독일의 젊은이들에게 프랑스의 침략에 결연히 맞서 저항할 것을 외쳤다. 나폴레옹의 최후가 얼마나 비참했는지는 역사에 고스란히 남아 있다. 어쩌면 그가 이룩한 영웅적 성취에 대비되는 요철의 효과가 그의 최후를 더 비참하게 각인시켰는지 모른다. 나폴레옹은 외딴 섬 세인트헬레나에서 귀양살이하던 중 52세의 나이로 생을 마감했으니, 알렉산더보다 20여 년 더 장수하며 지상에 머무른 것이다.

알렉산더와 나폴레옹. 누가 더 운이 좋았을까. 부질없는 의문인 줄 알지만 세상엔 많은 나폴레옹과 알렉산더가 살았고 지금도 살고 있기에 궁금해지는 것이다. 역사교과서에 기록된 대로, 젊은 알렉산더는 인류의 코스모폴리탄 정신을 실현하기 위하여 신들린 사람처럼 정복지를 향해서 달렸고 가는 곳마다 화친을 도모했다. 그러나 인류의 대화합을 이끌어냈다는 세계화의 주역 알렉산더라 할지라도 언젠가는 그의 지칠 줄 모르는 야망과 집착이 그의 왕도에 많은 신호위반과 차선이탈의 흔적을 남겼을지 모를 일이다.

알렉산더가 나폴레옹 나이만큼 오래 살았다면 훗날 나폴레옹이 그랬듯이 왕도를 달릴 수 있는 운전면허증을 완전히 박탈당하고 다시는 돌아올 수 없는 외딴 섬으로 쫓겨가 비참한 생을 마쳤을지 누가 알겠는가. 그랬다면 그리스는 인류가 알고 있는 그런 대왕으로서의 알렉산더를 갖지는 못했을 것이다. 그러고 보면 알렉산더야말로 왕도라는 코스를 완주하지도 않은 채 지하에서 대왕이라는 영웅의 녹색 면허증을 받은 셈이다.

자동차의 핸들을 잡지 않는 사람에게 주어지는 녹색 면허증이야 쓸모없는 녹슨 면허증일 뿐이지만 인생의 녹색 면허증은 그 효용성이 다르다. 역사적 인물에게는 죽은 후 영웅의 칭호를 안겨주기도 하고, 이름 없는 필부에게도 적지 않은 프리미엄을 안겨준다. 살면서 장 발장같이 빵과 양심을 맞바꿀 만큼 처절한 한계상황을 체험하지 않았고, 햄릿같이 사느냐 죽느냐 선택의 기로에 서본 적도 없었다.

요만한 평화 속에서 이만큼 평범한 시민으로 살 수 있는 것도 바로 내가 공짜로 소유하고 있는 인생의 녹색 면허증 덕분인지 모른다. 하지만 교통과에서 녹색 면허증을 받아들고 나올 때의 묘한 기분은 지금껏 내 안에 그리 유쾌하게 기억되어 있지 않다. 때때로 신호를 위반하고 범칙금을 물더라도 가고 싶은 곳을 마음대로 달리는 많은 운전자들이 나는 부럽다. 박제된 녹색 면허증을 갖고 있는 나보다 그들이 훨씬 푸릇푸릇한 녹색 운전자임은 말할 것도 없다.

누가 알랴. 알렉산더 또한 달리지도 못하는 영웅의 녹슨 면허증을 일찌감치 지하에서 소유하고 있느니, 차라리 어두운 최후를 맞은 나폴레옹이 되더라도 역사를 주름잡으며 신바람나게 세계를 좀 더 오랫동안 달려보고 싶었는지를.

## 제2장

# 첫걸음

운명이 손대지 못하는 시간들
첫걸음
생명과 생명 아닌 것
프로이트에게 빚진 사람들
유목민의 신기神氣
지남指南의 돌
로댕과 코가 깨진 남자
움직이는 화폭畫幅
자유의 두 얼굴

# 운명이 손대지 못하는 시간들

서른 남짓 짧은 생애를 살다 떠난 전혜린이, 1950년대 말 독일 유학에서 돌아와 쏟아낸 수필들은 사유와 지성이 폭발할 듯 탱탱했다. 대학신문사의 학생기자였던 나도 그녀에게 원고를 청탁했었다. 약속한 날 강의실 밖 벤치에서 원고를 건네주던 가냘픈 그녀의 체구 앞에서, 대학 2학년생이던 나는 한국 땅에도 이렇게 타고난 여성 철학가가 있다는 것에 가슴 설렜다. 철학은 여성에게 어울리는 옷이 아니라는 선입견이 상식처럼 세상을 지배하던 때였으니, 한 젊은 여성의 돌풍 같은 철학적 '인식애認識愛'는 시대를 파격할 만큼 전위적이었다.

어린 시절부터 전혜린의 지적 활동을 타오르게 하던 불씨는 아버지였다. 외부의 환경보다 더 숙명적으로 인간의 삶을 결정하는 것은 유아기부터 유지해오는 부모와의 정신적 소통이다. "아버지의 마음에 들고 싶고, 아버지로부터 칭찬받고 싶은 강한 욕망"이 언제나 딸의 의식 표면에도 내면에도 깔려 있었다. 그녀가 인식애에 바친 환희와 인내와 노력도 거기서 시작되었을 것이다. 아버지의 명령으로 법대에 진학했지만, 타고난 분방한 정신세계는 그녀를 법대 강의실에 머물게 하지 못했다. 다니던 대학을 중퇴하고 소망하던 철학, 문학을 공부하기 위해 1955년 독일로 향했다.

전혜린이 남부 독일의 뮌헨과 처음 만날 때 느끼던 "두꺼운 회색빛 하늘, 축축한 안개비"는 4년간의 독일 생활 내내 그녀의 영혼에 밑그림으로 깔려 있었다. 날씨 탓만은 아니었을 것이다. 인식의 먹이를 치열하게 안에서 구하는 사람일수록, 밖으로부터 주어지는 태양 빛의 위로를 놓치고 살아갈 수도 있을 것 같다. 물고기가 물을 만난 듯 철학의 나라 독일에서 전혜린은 인식의 욕망을 강렬하게 불태웠다. 그 목마름은 육체의 배고픔보다 더 절실했기에, 크림커피 한 잔으로 점심을 때우며 모은 돈 73마르크로 『니체 전집』을 샀을 것이다. 한 달 방세 50마르크를 훌쩍 넘는 돈이었다.

니체에 대한 전혜린의 인식애는 순교자의 영혼을 떠올리게 한다. 가난한 유학생의 주머니에 한 달 방세보다 더 많은 액수가 고이려면 몇 날의 점심을 포기했을 것인가. 당시는 니체 철학이 오늘날처럼 지구촌을 휩쓸기 전이었다. 전혜린은 독일 땅에서 니체의 원전原典에 매료된 한국인 1세대 지성이었을 것이다. 다만 '힘에의 의지'라는 니체의 긍정철학이 인식의 세계를 넘어 그녀의 삶 속으로 직행했더라면 얼마나 좋았을까. 안타깝게도 죽음은 전혜린의 삶에 자석처럼 붙어다녔다. "인생은 어린이 놀이터가 아니다. 스스로 체험하지 않았다고 해서 죽음이 없는 것처럼 행동하지 말라. 나는 죽음 뒤에 숨어 있는 것을 알아야 한다. 제발, 우리 함께 그것에 대한 방편을 숙고해봐요. 서로서로 돕자고요." 애절한 절규다. 죽음의 알몸을 보고 싶어 사력을 다해 허무의 땅을 개토하는 동안, 죽음의 그림자는 잠시도 그녀를 놓아주지 않았다.

전혜린의 지성적 정원에는 파스칼도 있었다. 파스칼은 서른아홉의 길지 않은 생애를 사는 동안 정신착란에 빠질 정도로 죽음과 씨름한 끝에, 마침내 『팡세』에 이렇게 적어놓았다. "이성의 마지막 단계는 이성을 넘어서는 수많은 것들이 존재한다는 사실을 이성이 인정하는 단계다." 죽음은 이성적 인식의 대상이 아니라는 것을 고백한 파스칼을 전혜린은 진실로 부러워했었다. "신은 왜 나에겐 파스칼에게서처럼 구현具現되지 않는 것일까." 독일 유학 동안 가톨릭 영세를 받았지만 신에의 귀의로 이어지지는 못했던 것 같다.

## 인식애의 저편 이성의 마지막 단계

전혜린의 영혼을 그토록 휘어잡았던 니체도, 파스칼도 그녀의 삶을 바꿔놓지 못한 것은 인생의 역설이 아닐 수 없다. 그녀는 독일 유학에서 돌아와 안정되지 않은 환경에서 겨우 4년여 동안 대학강단에서, 그리고 작품활동에 열정을 쏟았다. 어느 날 자신의 후배와 길을 가다가 사주四主 보는 사람 앞에 손을 내밀며 "내 손금에 자살할 운이 있는지 봐주세요" 하더란다. 나와 여고 동창생이던 그 후배의 전언이 지금도 안타까움으로 귓전을 맴돈다. 전혜린은 생전에 계획만 했을 뿐 수필집 한 권 묶어서 남기지 못했지만, 그녀가 바라던 삶은 학자보다는 작가였다. 사람마다 평가는 다르겠지만 한국의 수필가 중 그녀만큼 철학적 유전자를 지닌 여성이 또 있을까 싶다.

전혜린이 떠난 후 남은 사람들이 엮어낸 수필집들을 대할 적마다 아나톨 프랑스의 말이 생각난다. "우리가 책에 대해 정확하게 알 수 있는 유일한 지식은 책의 출판 연도와 책의 크기뿐이다." 책 속에 들어있는 저자의 정신세계와 작품세계에 대하여 알 수 있는 것은 그만큼 부정확하다는 의미로 들린다. 더구나 주인공이 세상을 떠난 후 남의 손으로 만들어진 '작품 모음집'이고 보면 아나톨 프랑스의 혜안이 기우만은 아닐 듯하다. 전혜린의 수필집들을 손에 들면 출판의 시점, 작품 선정, 게재 순서, 책의 제목 등등 구석구석에서 저자의 호흡이 날아가버린 무채색의 이삭을 줍는 느낌이다.

대부분의 저자는 책 출판을 앞두고 퇴고를 거듭하면서 가장 최선의 그리고 최근의 정신적 자화상을 담게 마련인데, 전혜린이 생전에 그런 수필집 한 권 출간해놓았으면 얼마나 좋았을까, 가끔 부질없이 그리움이 솟는다. 학생기자 시절부터 전혜린 작가에게 원고도 청탁하고 남다른 관심을 갖게 된 것은 그녀의 철학과 지성에 대한 동경에서이기도 했지만 나의 성장환경에 있었던 우연한 공통점이 친화력의 밀도를 더했던 것 같다.

아버지의 지독한 편애 속에서 자란 점이 그랬고, 대학입학 때 전공선택이라는 출발선에서 실족한 경험도 다르지 않았다. 하지만 전혜린처럼 오로지 영혼의 명령에 따라 혈혈단신 미지의 세계로 떠나던 막막한 출항은 당시 아무나 할 수 있는 일이 아니었다. 첫 단추를 잘못 뀐 불편한 옷을 입은 채 4년을 마쳤으니, 이번엔 집터를 한번 바꿔볼 만도 했건만 예기치 못한 인연에 밀려 같은 집터에 주저앉고 말았다.

전혜린보다 10여 년 후 중부 독일의 조용한 대학도시에 나는 첫발을 디뎠다. 12월이었다. 회색빛 하늘도, 축축한 안개비도 없었다. 때마침 서설이 소복이 쌓인 설경 속에 이국적 주택들이 동화같이 평화로웠다. 1년 전 그곳에 도착한 학생 남편이 방 한 칸 세 얻어 살고 있는 동네 어귀에 들어서는데 숨이 턱 막힐 것 같은 정적靜寂이 온몸을 휘감는다. 어제까지 살던 서울의 어수선한 거리와는 너무 다른 침묵이 피부에 닿는 쇼크였을 것이다.

4년 간의 독일 유학을 마치고 귀국한 전혜린은 돌아온 후 그곳에서의 시간을 애절하게 그리워했다. 그리움의 민낯을 스스로에게 묻는다. "다시없이 절실했던 고독에 대한 그리움"인가. 고독은 우리의 몸이 어디에 있든 본향까지의 거리감을 좁힐 수 없는 생래적 실향의 향수다. 나는 전혜린보다 더 오랜 기간 그곳에서 살았지만 실존적 본향을 그리워할 만큼 형이상形而上의 일상에 머물지 못했었다. 고국에 떼어놓고 온 어린 것들을 빈 복낭腹囊에 담은 채, 척박한 사막을 누비는 캥거루의 생존을 닮아 있었다. 인식애를 위하여 절실하게 고독에 헌신하는 삶을 산 것도 아닌데 나는 왜 30대의 독일 시절을 잊지 못하는 걸까.

인생의 창창한 미래를 알지 못하던 불확실성의 시간이 그리운 것일까. 이미 운명의 지배에서 벗어난 과거라는 확실성을 그리워하는 것일까.

# 첫걸음

"꼭대기 층에 오르려고 여러 지점에서 헛되고 무질서하게 담벼락을 기어오르던 사람이 마침내 맨 아래 층계에서 첫 번째 계단을 밟을 때 느끼는 희망과 기쁨."

문호 톨스토이가 그의 나이 63세 때 장편 수필 「첫걸음」에서 고백한 희망과 기쁨이다. 꼭대기에 오르려고 기를 쓰던 사람이 어느 순간 방향을 잘못 잡았다는 사실을 알아차렸다 하더라도, 누구나 가던 길을 멈추고 출발점으로 돌아가진 못한다. 우리의 인생이 짧아서라기보다 관성의 법칙이 되어버린 일상적 습성이 우리를 놓아주지 않아서다. 톨스토이는 이순耳順을 넘어 더 이상 미룰 수 없는 '절제'라는 삶의 여정을 '첫걸음'이라고 표현했다.

무질서하게 담벼락을 기어오르던 톨스토이의 혼미는 이미 55세 때 발표한 『참회록』에 나타나 있다. 아내와 자녀 그리고 재산과 건강 모든 것을 갖추고 작품 창작에 몰두하던 50대에 이르렀을 때, 작품에 몰두하면 할수록 인생에 대한, 예술에 대한 그의 회의와 번민은 깊어갔다. "세상 속에서 명예롭고 중요한 사람이 되겠다는 욕망 하나뿐이었다. 이성이라는 무기를 앞세워 허영심, 공명심, 오만한 마음으로 붓을 들었다. 명예와 돈을 위해서는 선善을 감추고 악을 드러내야만 했다. 내 삶의 의미를 형성하고 있던 선에 대한 갈망을 은폐하려고 지혜를 짰다." 그 결과 막대한 돈과 박수갈채가 돌아왔지만 그는 자신의 작품이 점점 혐오스러워졌다. "작가로서의 속임수가 지긋지긋해졌다."

쓰면 쓸수록 고통의 무게는 더해갔다. 열정을 다 바쳐 욕망의 담벼락을 오를수록 영혼의 맨 꼭대기 층은 점점 멀어져갔다. 미망迷妄이었다. 미망에서 깨어나는 순간 모두가 거짓이었다. 자살을 진지하게 생각할 만큼 그의 고뇌는 깊었다. 지금까지 살아온 삶의 터전이 깡그리 없어진 심연 위에 대롱대롱 매달린 상태에서도 자살을 결행하지 않은 것은 생각의 혼란을 정리하고 싶어서였다고 했다.

벌거벗은 욕망이라는 담벼락에서 그를 내려올 수 있게 한 것은, 맨 아래층 계단에서 기다리고 있던 '초심'이라는 인력引力이었다. 작가로서의 세속적인 욕망이 강렬할수록 초심을 잃은 무절제의 혼미는 극에 달했었다. 초심을 회복하기 위해서 반드시 거쳐야 할 땅이 절제라는 극기의 사막임을 몸으로 깨달은 노 작가는, 이순을 넘은 노구임에도 의식주를 포함한 삶 속의 절제를 실천하는 극기의 삶을 시작했다. 그 길만이 인간답게 사는 첫걸음이라는 것이 확실해졌다.

톨스토이가 50대에 쓴 『참회록』에서 영혼의 환부를 해체했다면, 노년에 발표한 에세이 「첫걸음」에서는 치유의 비책을 찾아낸 것일까. 절제는 톨스토이의 인생에서 본질 회복으로 가는 대안 없는 구원의 길이었다. 그는 인간의 본능인 식욕에 대한 절제부터 시작했다. 얼핏 형이하의 세계라고 지나쳐버리는 이 단계를 거치지 않고는 형이상의 인간적 성숙에 이를 수 없음을 체험으로 증언한 글이 「첫걸음」이다.

식욕은 생명을 위한 가장 기본적인 욕망이지만, 도살을 전제로 하는 육식을 비판하며 그는 채식생활을 실천했다. 오랜 세월 어떻게 써보일 것인가에 매달렸던 시간들을 통회한 노 작가의 절박한 물음은 점점 어떻게 살 것인가로 옮겨간 것이다. 절제는 그에게 더 이상 인간의 품격品格에 관계되는 덕목이 아니라 인간이 되기 위하여 반드시 갖추어야 할 인간의 실존조건인 것이다. 82세의 고령에 가출을 실행에 옮길 만큼 톨스토이에게 절제의 삶은 중요하고 다급했다.

가출 열흘 만에 숨을 거둔 톨스토이의 마지막 날들을 상상하면, 김동리의 소설 『등신불等身佛』이 담고 있는 삶의 무게가 밀려온다. 객사하기 직전 톨스토이의 육성이라고 전해지는 기록이다. "이것은 내가 바라던 것이다. 이것은 선善을 위한 전부다. 타인을 위함이 아니라 나 자신을 위한 것이다." 그가 생을 마감하는 순간 붙들고 있던 '인간다움'의 화두를 절제 이외에 다른 무슨 말로 대신할 수 있을까.

알려진 대로 노년의 톨스토이는 작가에 머물지 않았다. 자신의 신념을 행동으로 옮긴 사상가였다. '톨스토이즘'이라는 새로운 인간학은 모름지기 절제를 실천하는 행동강령 이외에 다른 것이 아니었다는 생각이 든다. 톨스토이 당시 정치적 지도자는 니콜라이 2세 황제였고, 도덕적 통치자는 톨스토이였다는 역사의 목소리가 과장된 표현이 아님을 실감할 수 있었던 곳은 문호가 묻혀 있는 유택 앞에서였다. 모스크바에서 남쪽으로 3시간쯤 달리니 조그만 시골 도시 툴라가 나온다. 외곽을 돌아 이내 자작나무 울창한 농장 앞에 차가 멈춰 선다. 야스나야폴랴나의 톨스토이 농장이다. 사진으로 보았던 농장 입구의 양쪽 기둥이 갑자기 전설의 땅을 밟은 듯 낯설다. 간절한 만남은 언제나 낯설게 느껴지게 마련인가보다.

자작나무들이 쭉쭉 뻗어 올라간 태고의 숲속에 작디작은 그의 유택이 있다. 안내가 없었다면 그것이 무덤이라는 것조차 알기 어려울 만큼 애련하고 왜소했다. 관棺 크기의 직사각형 잔디 틀이 묘역의 전부였다. 서양식의 납작한 돌비석 하나 없고, 망자를 기릴 수 있는 표지라곤 아무것도 없었다. 고인의 유언을 따라준 예우였음을 짐작하면서도 무덤 앞에서 엄습하던 전율은 아직도 표현할 길 없다. '문학은 소망이 아니라 저주'라고 말한 어느 작가의 비탄이 문호의 작은 무덤 위로 어른거렸다. 모든 작가가 '삶과 글의 괴리'라는 자기 성찰에 몰두한다면 어느 작가에게나 문학은 구원인 동시에 저주일 수 있다.

"작가는 자기 인생에서 최고의 것을 떼어내어 작품 속에 넣는다. 때문에 작품은 아름답고 삶은 비루한 것이다"라고 고백했던 톨스토이의 결곡한 음성이 자작나무 숲속에서 떨림의 물결이 되어 멈추질 않는다. 마지막 날까지 현존재로서의 자아와 인간의 실존적 원형까지의 거리감에 지쳐, 심신을 가누지 못했던 문호의 생애가 한 늙은 순례객의 가슴을 황량하게 파고든다.

# 생명과 생명 아닌 것

잡지가 손에 들어오는 순간 불과 몇 주 전 내가 저지른 유아성에 자괴감이 급습한다. 작가를 소개할 수 있는 사진도 작품과 함께 보내달라는 부탁을 받고 한껏 앨범을 뒤져 마음에 드는 사진 몇 장을 골라 보냈었다. 내가 보낸 사진들은 모두 실제 나보다 커 보이는 것들이었다. 인쇄된 활자와 사진은 이미 나를 떠났으니 내가 수습할 수 있는 영역이 아니었다.

성 어거스틴(354~430)은 『고백록』에서 어른의 유아성을 심층적으로 천착했다. "어린아이들은 자신이 하는 것을 남들이 좋아하고 싫어하는 것에 따라 옳고 그름을 배운다. 힐난을 받으면 자신의 행동이 옳고 그르고를 떠나 상처받는다. 칭찬도 마찬가지다. 칭찬받을 일인지 아닌지 판단하기 전에 좋아한다. 칭찬받거나 비난받을 때 옳고 그름을 스스로 고뇌하지 않는 어른은 어른스럽지 못한 것이 아니라 죄를 짓는 것이다."

얼핏 성자의 죄와 속인의 죄는 단죄의 척도가 다른 것일까 생각했다. 나 같은 속인의 유아성은 어른스럽지 못한 부끄러움일 수는 있어도, '죄'를 짓는 일까지는 아닐 것 같아서였다. 어거스틴이 어른의 유아성을 단순한 인격의 높낮이를 넘어 죄악으로 단정한 연유가 무엇일까 슬며시 궁금해졌다. 그의『고백록』어디엔가 답이 있을 것만 같았다.

76세에 세상을 떠난 어거스틴의 삶은 30대의 회심 전과 회심 후로 크게 나누어진다. 성자가 회심 전의 자신을 돌아보기 위하여 들이댄 서치라이트가 너무 강렬해서 오늘의 포스트모더니즘 시대를 살고 있는 독자들도 들여다보기 민망스런 기록들이『고백록』안에 아무렇지도 않게 자리잡고 있다. 성욕, 식욕, 명예욕에 대한 성자의 적나라한 회고는, 인간의 벌거숭이 내면을 해체하는 예술가의 수위를 능가한다.

어거스틴이 회심 전의 방종했던 삶을 세세히 기록한 목적은 남들이 자신과 같은 방종한 삶을 살지 않게 하기 위해서라고 밝혔다. 과연 많은 후세인들이 끊임없이 그의 고백에 귀기울여왔고 오늘도 귀기울이고 있다. 방탕하던 악동도 인연법에 따라 무한히 성장할 수 있고 성자가 될 수도 있다는 체험적 기록이 곧『고백록』이다. 중생은 언감생심 성자의 삶을 바랄 수는 없어도 인간에게 내재된 무한 가능성을 믿는 것만으로도 희망이고 위로일 수 있다. 어거스틴은『고백록』을 통해서 단지 남들이 자신처럼 방종한 삶을 살지 않기를 바라던 그 소망보다 더 큰 것을 이룬 셈이다.

사제가 된 후에도 어거스틴을 가장 힘들게 했던 것은 "칭찬에 대한 유혹"이었다. 사람들의 입에 발린 솔깃한 말에서 기쁨을 찾다보면 참된 자신의 모습을 볼 수 없다는 것쯤은 보통 사람도 알고 있다. 진실로 칭찬에 대한 유혹이 성자를 괴롭힌 속사정은 그보다 깊은 곳에 있었다. 어거스틴의 간절한 기도다. "칭찬 문제 때문에 내가 얼마나 주님을 향해 탄식하는지, 얼마나 많은 눈물을 흘리는지 주님은 아실 것입니다. 칭찬을 받고 기분이 좋지 않은 척할 수는 없습니다. 이웃에게 유익을 끼친 것 때문에 칭찬받았다고요? 그렇다면 이웃이 부당하게 비난받을 때에는, 왜 내가 비난받을 때처럼 상처받지 않는 겁니까? 이제 유일하게 남은 답은 내가 나 자신을 속이고 있다는 것입니까? 내게서 이 어리석음을 털어내주십시오."

어거스틴은 '칭찬받고 싶은 욕망'의 뿌리를 찾기 위해 자신의 영혼을 벗기고 또 벗겼다. 자기 자신을 속이지 않게 해달라는 그의 간절한 기도는 끝없이 이어졌다.

"칭찬의 유혹을 거부할 때조차 그 또한 유혹입니다. 왜냐하면 유혹을 거부하는 바로 그 행위를 통해서 나를 드러내려 하기 때문입니다. 허영을 경멸하는 것은 더 큰 허영의 원인이 될 수도 있습니다. 허영에 대한 경멸을 자랑스러워하면 이미 허영을 경멸하는 것이 아니지요."

영혼 속 실핏줄까지 광맥을 타고 내려간 어거스틴의 집요함은 마침내 '칭찬받고 싶은 허영이 왜 악惡인지' 답을 얻었다. "허영은 내면의 생명을 거부하고 외적인 것들로 자기를 부풀리는 뒤틀린 의지"라는 것이었다. 육신의 생명을 훼손하는 행위가 율법에서 죄가 되듯, 내면의 생명을 훼손하는 죄 또한 가볍지 않으리라. 인간은 자신의 육신과 정신이 시원적으로 자신의 것이 아님을 잊고 살아간다. 내면의 생명을 스스로 훼손하는 허영심이 창조주의 뜻을 거스르는 반칙임을 의식하지 못하면서도, 그때마다 남모르는 심리적 혼란을 경험한다. 과학보다 정확한 창조질서를 외면할 수 있는 피조물은 없다.

인간의 내면을 해체하는 어거스틴의 관상觀想은 율법의 울타리 안에만 머물지 않았다. 너무나 일상화되어 숫제 우리 삶의 일부가 되어버린 허영심이지만 가만히 들여다보면 보통사람도 생명과 생명 아닌 것의 차이를 본성적으로 감지할 수 있다. 다만 허영심이 내면의 '생명'을 해칠 수 있다는 어거스틴의 위기의식으로부터 우리는 짐짓 거리를 두고 싶은 것뿐이다.

허영심이라는 어른의 유아성이 인격의 문제에 그치지 않고 왜 '죄'가 되는지 알고 싶어 성자의 발걸음을 따라 『고백록』의 정원을 숨가쁘게 동행했다. 천신만고 끝에 어거스틴은 마침내 악의 뿌리인 '생명의 뒤틀림'을 찾아냈고, 뒤틀림을 바로잡아 생명을 회복하는 은총의 수혜자가 되었다. 성자를 바라보는 중생의 삶은 어떤가.

몸이든 마음이든 까닭 모르게 불편함을 느낀다면 필연코 어느 귀퉁이라도 생명이 훼손되고 있다는 신호일 터다. 내 키보다 더 커 보이는 사진들을 잡지사로 보냈던 유아성을 스스로 죄라고 생각하지 않았으면서도, 잡지를 받는 순간 가슴이 서늘할 만큼 자괴감으로 마음이 편하지 못했다. 그런데 내가 소유하고 있는 앨범 속에는 아직도 내 키보다 커보이는 사진들이 많이 들어 있을 것이다.

## 프로이트에게 빚진 사람들

꿈속에서는 종잡을 수 없는 기이한 일들이 거침없이 벌어진다. 꿈속에선 금기가 없다. 앞뒤가 맞지 않고 뒤숭숭해서 쫓아내고 싶은 꿈을 우리는 '개꿈'이라고 부른다.

알려진 대로 심리학자이자 정신과 의사인 프로이트는 꿈을 통해서 환자의 무의식 속에 묻혀 있는 정보를 캐낼 수 있었다. 히스테리 환자와 노이로제 환자를 치료하는 임상실험에서 환자의 꿈은 의사인 프로이트에게 결정적 정보를 제공했다. 꿈속에는 꿈꾼 사람의 무의식이 어떤 모습으로든 숨겨져 있다는 것이다. 프로이트 버전으로 바꾸면 개꿈은 없다. 무의식 세계에서 일어나는 일을 자신이 알지 못하는 것뿐이다. 내 마음이면서 내가 알지 못하는 내 마음이 무의식이다.

프로이트 하면 오이디푸스콤플렉스가 떠오른다. 그의 유명한 저서 『꿈의 해석』에서 그는 두 권의 문학작품을 인용했다. 하나는

400여 년 전 셰익스피어가 쓴 『햄릿』이고, 다른 하나는 2,400여 년 전 그리스의 소포클레스가 쓴 『오이디푸스 왕』이다. 프로이트는 햄릿의 우유부단한 심리 밑바닥을 들여다보기 위해서 그리스 비극의 주인공 오이디푸스 왕을 불러왔다.

오이디푸스 왕은 자신의 아버지를 죽이고 어머니를 아내로 삼는 끔찍한 일을 저질렀다. 물론 아버지인 줄도 어머니인 줄도 모르고 저지른 일이니 문학에서 바라보면 오이디푸스는 저주받은 운명의 희생양일 뿐이다. 그러나 심리학자 프로이트는 오이디푸스라는 인물 속에서 운명의 끈이 아니라 인간의 몸속 깊이 숨어 있는 무의식적 소아기 욕망을 건져올렸다. 그리스 문학의 태중에서 태어난 『오이디푸스 왕』이 뜻밖에도 생후 수천 년 후 심리학자 프로이트에 의해서 소아기 성욕의 심벌로 거듭 태어나게 되었다. 마침내 어머니라는 여성성에 대한 '오이디푸스콤플렉스'라는 표제어가 세상에 태어난 것이다.

햄릿은 억울하게 죽은 부왕의 망령이 부탁한 복수를 왜 쉽게 수행하지 못하고 그토록 머뭇거렸을까. 과연 괴테의 해석대로 '햄릿은 사고 활동의 과잉 발달 때문에 행동력이 마비된 인간유형'일까? 흔히 말하는 '햄릿형'이라는 인간적 유형은 괴테의 해석에 따른 것이었다. 훗날 프로이트의 심리분석은 달랐다. 정신과 의사 프로이트는 햄릿을 단순히 사려 깊고 우유부단한 지성의 소유자로 보아 넘기지 않았다. 아닌 게 아니라 『햄릿』이라는 명작의 위대성이 단지 인간의 성격적 유형을 발굴하는 데에만 머물지는 않았을 것 같기도 하다.

더구나 프로이트에 의하면 작중의 햄릿은 결코 행동할 줄 모르는 유약한 사람이 아니라는 것이다. 작품 속에서 햄릿은 두 번이나 결연하게 살인을 저지른다. 한번은 커튼 뒤에서 엿듣던 신하를 격분해서 칼로 찌르고, 또 한번은 자신의 생명을 노리는 신하 두 명을 죽인다. 프로이트의 심리분석에 의하면 햄릿으로 하여금 부왕의 원한을 풀어줄 수 없도록 발목 잡은 것은 행동력의 결여가 아니라는 것이다.

셰익스피어는 명작 『햄릿』 속에서 끝까지 주인공 햄릿이 행동을 망설이는 이유를 밝히지 않았다. 그것을 밝히는 일은 셰익스피어가 떠난 지 300여 년 후 정신분석학자 프로이트의 몫이 되었다. 프로이트는 햄릿의 비밀스런 무의식 속에서 오이디푸스콤플렉스를 보았다. 햄릿 자신의 무의식 속에도 숙부와 똑같은 천벌받을 욕망이 있다면, 아버지를 죽이고 어머니를 차지한 숙부는 바로 햄릿 자신의 무의식 속에 잠재해 있는 대리인이기도 하다. 절대로 수면 위로 드러나지 않는 무의식의 세계는 위대한 문호 셰익스피어도 표현하기 어려운 꼭꼭 숨겨진 인간의 부정할 수 없는 실체성인 것이다.

『꿈의 해석』을 통해 인간의 심리적 무의식 세계를 들여다본 프로이트도 처음부터 사람들을 설득할 수 있었던 건 아니었다.

1900년 프로이트의 나이 40세 때에 출판된 『꿈의 해석』은 당시의 학계로부터 냉혹하게 외면당했다. 포기하지 않고 대학에서 강의를 개설했지만 청강생은 겨우 3명뿐이었다. 그가 발표한 성인의 리비도libido 이론과 유아기의 성욕 이론은 당시 점잖은 유럽 사회로부터 비난의 눈총을 받기에 충분했다. 당시의 유럽인들에겐 인간의 정신만이 고상한 것이고 육체는 추한 것이었다. 꿈은 정신작용인데 어떻게 육체와 관련되어 있느냐며 세상은 프로이트의 주장을 받아들이려 하지 않았다. 프로이트의 연구업적이 학계에서 제대로 인정받은 것은 그의 나이 65세에 이르렀을 때였다.

수십 년간의 어려운 시절을 겪으면서 그 자신 노이로제 환자가 된 적도 있었다니, 프로이트의 학문이 제대로 인정받기까지는 그의 두뇌뿐만 아니라 그의 육체도 공헌한 셈이다. 마침내 인간의 내면을 과학적으로 발가벗길 수 있는 정신과 의사 프로이트의 주변에는 많은 문인들이 모여들었다. 프로이트는 생전에 릴케, 로맹 롤랑, 츠바이크, 토마스 만 등 대문호들과 활발하게 교류했고 그의 나이 74세 때 독일 최고의 문학상 괴테상의 수상자가 되었다. 과학자에게 주어진 괴테상의 의미는 진실로 인간의 정체가 얼마나 넓은 것인지 새삼 숙연하게 한다. 80회 생일에는 토마스 만을 비롯한 200여 명의 작가와 예술가들로부터 축하의 꽃다발을 받았다니, 유럽의 문단이 인간 존재의 신대륙을 발견한 정신분석학자에게 얼마나 큰 빚을 지고 있었는지 짐작케 한다.

고대 그리스 문학은 오이디푸스라는 비극의 주인공에게서 운명을 보았고, 현대의 심리학자 프로이트는 무의식을 보았다. 운명이든 무의식이든 보이지 않기는 마찬가지다. 그래도 우리가 꿈을 통해서나마 무의식을 들여다볼 수 있다면, 느닷없이 밀어닥치는 운명의 쓰나미로부터 몸을 피하도록 어렴풋이나마 도움을 받기도 한다.

꿈 속에서, 이것이 꿈이기를 간절히 바랄 때가 있다. 꿈인 것을 알고 나면 안도의 숨을 쉰다. 생시에는 꿈속에서와 같은 구원이 없다. 훤히 눈뜨고 사는 대낮에도 종잡을 수 없는 망념妄念이 꿈속 못지않게 제멋대로다. 날개 달린 마음은 드나들지 못할 곳이 없다. 생시를 기습하는 망념은 운명을 감지하는 데에 도움은커녕, 자연으로 가는 길을 방해하여 순식간에 은산철벽으로 눈앞을 가로막기 일쑤다.

차라리 개꿈이 생시의 망념보다는 우리의 삶에 공헌한다. 개꿈을 꾸던 어린 시절이 그립다. 프로이트에게 빚진 사람이 사는 곳은 유럽뿐이 아닐 터다.

# 유목민의 신기神氣

백남준의 유치원 친구인 선배 수필가가 산문집을 출간했다. 저자가 유치원 친구 백남준과 지녀오던 인간관계를 읽으면서, 괴테가 폰 스타인 부인과 유지했던 관계가 떠오르기도 했다. 남녀 사이의 인간관계를 우정, 사랑, 호의 중 그 어느 하나의 범주에 가두려던 평소의 내 경직된 관념이 스르르 풀어지는 해방감을 맛보았다고 할까.

사람의 마음을 색칠할 수 있는 바탕색은 없다. 무지개를 일곱 가지 색으로 알고 있지만, 중간중간 무수히 많은 색깔들은 이름이 없을 뿐이다. 일곱 가지 어디엔가 편입되어야 이름을 가질 수 있다. 인간의 언어는 '인간'을 표현할 수 있을 만큼 풍부하지 않다. 우리의 눈은 원색보다는 이름을 갖지 않은 중간색에서 더 안정감을 느끼는 것 같다. 색깔의 이름을 댈 수 없는 무명의 중간 색일수록 은은한 안정감으로 우리의 마음을 평화롭게 하는 것은 혹시 무의식 속에 숨쉬고 있는 중도中道에 대한 항일성에서 연유된 것은 아닐까 상상해본다.

선배의 책 속에서 인간 백남준을 만나면서, 난해한 백남준 예술에 대한 관심이 새롭게 솟아났다. 이 독특한 예술가의 작품이 세계인들에게 경이의 대상이 되는 힘이 무엇일까 늘 궁금했었다. 예술작품에 대한 해석이 갈수록 종잡을 수 없이 자유분방해지는 이 시대에 전위예술만큼 다양한 해석에 휘둘리는 장르도 없을 것이다. 백남준과 인연이 깊은 음악가 존 케이지는 〈4분 33초〉라는 유명한 작품을 남겼다. 4분 33초 동안 무대 위에서 아무런 악기를 연주하지 않는 침묵의 연주다. 어떤 해석자는 침묵 속에서 오히려 관중은 더 많은 소리를 들을 수 있을 것이라고 했고, 어떤 사람은 소리와 침묵이라는 분별심 자체를 놓아버린 선禪의 세계를 표현한 것이라고 했다. 백인백색의 해석을 끌어낸 전위예술의 무대였다.

피아노를 때려 부수던 백남준의 퍼포먼스도 그랬다. 아직도 국내에서는 해석이 분분하다. 쇼팽을 연주하던 백남준이 갑자기 피아노를 때려 부수자 당시 청중의 반응은 엇갈렸다. '인습과 고정관념을 깨트리는 천재적 행위예술이다. 기껏 쇼팽의 피아노 소리에 마음을 빼앗기지 말고 깨어 있어라. 깨어남은 비움이다. 비움이 있고서야 본질을 만나는 존재론적 삶이 가능하다'는 팬들이 있는가 하면 '백남준이라는 이름을 빼면 그건 미친 짓'이라며 등 돌리는 사람도 있었다.

아닌 게 아니라 경기도 용인에 위치한 백남준아트센터를 찾았을 때 그의 작품들을 둘러보면서 '미친 짓'이라는 표현이 그리 엉뚱하지도 않구나 싶었다. 공중에 걸려 있는 부처의 머리, 뿔 달린 황소의 머리토막, 철조망으로 묶여 있는 피아노 건반 등 눈앞에 펼쳐지는 갖가지 표현물들과 도무지 어떻게 소통해야 할지 막막했다. '더 잘 소통하기 위해서는 어기지 못할 규칙은 하나도 없다'던 그의 생전 목소리에 귀를 기울여본다. 설치물 하나하나는 강렬하게 소통을 원하고 있었다. 그것들 모두가 예술가의 내면에서 끓어오르는 엄청난 에너지라는 것만은 느낄 수 있었다. 그가 연주하다 말고 부숴버린 피아노의 파열음은 이런 에너지 덩어리가 내리친 굉음이 아니었을까 짐작된다.

우리의 사고와 행동은 반복되는 일상에 길들여져 있다. 문필가는 원고지 앞에 앉아 아직 가본 적 없는 영혼의 신세계를 표현하기 위해 새로운 언어를 찾아헤맨다. 음악가, 화가 모두 그들의 장르 안에서 창작의 혼을 불태운다. 그러나 장르라는 틀에 갇히는 것은 백남준이 자신의 정신세계를 표현하는 데에는 견딜 수 없는 구속이었다. 그가 장르의 틀을 부수고 몸으로, 도구로, 행동으로 표현한 것이 그의 설치예술이고 행위예술이었을 것이다. 자연이 인간의 영혼을 거쳐 나오면 예술이 된다고 했다. 그러나 그 어떤 천재 예술가도 자연이라는 대상에서 포착한 이미지를 사진 찍듯 옮길 수 없다. 노자의 명가명 비상명名可名 非常名이라는 존재론적 세계는 특히 전위예술이 태어날 수밖에 없는 예술의 시원적 내재성을 설명해주고 있는 듯하다. 전위예술은 기행이든 파행이든 어쨌든 예술의 외연을 그만큼 넓혀주고 있는 자연발생적 장르인 것이다.

"인간의 정신적 풍경 대부분이 18세 이전에 결정된다"는 백남준의 회고는 그대로 자신의 작품이 되었다. 그가 한국을 떠난 것이 바로 그 나이였으니 일본을 거쳐 서양을 떠돌던 그의 뼈와 살 속엔 고스란히 한국이 자리잡고 있었을 것이다. 그래서일까. 그의 작품들 앞에 서면 몽골초원을 떠나 종횡무진 말 잔등에서 지구를 누비던 칭기즈칸의 노마드적 행보를 연상케 된다. 영혼의 유목민 백남준의 신기神氣가 예술이라는 초원에서 때를 만났고 세계인은 그의 행위예술에 넋을 잃었다. 나이 약관에 해외로 나가 서구의 전위예술가들과 어울리며 작품활동을 하던 백남준이 그들보다 더 전위적인 예술가가 되어 돌아온 것이다.

인류의 정신사는 역사 속에서 고전주의, 계몽주의, 낭만주의 등 시대의 이름이 수없이 바뀌었다. 인간 내면의 어느 한 쪽에 시선을 고정시킬 때마다 시대의 이름은 이렇게 저렇게 바뀌어왔다. 하지만 전위예술이라는 시대의 이름은 없다. 이성적 고전주의보다, 그리고 감성적 낭만주의보다, 또 그 무슨무슨 예술의 정형들보다 오히려 인간 존재를 미정형으로 남겨놓은 채, 끊임없이 영혼을 채굴해내는 전위예술이 인간의 본질에 더 충실한 탐구라는 생각이 든다. 전위예술이라는 이름은 예술사의 한 획이 아니라, 시대가 어떻게 변하든 언제나 전위예술이다.

고전주의, 합리주의의 레일을 탈선하면 그것이 곧 타락인 것처럼 옴짝달싹 못하면서 나는 어른이 되었다. 전위예술 하면, 시대 밖으로 튀어나가려는 겉멋들린 반골쯤으로 생각했었다. 전위예술가 백남준은 자신이 형상화해낸 작품의 총체가 자신의 정신세계의 크기에 비해 얼마나 성에 차지 않았으면 "예술은 사기"라고 외치고 떠났을까 싶다. 영혼의 망망대해를 목숨 바쳐 항해해본 사람만 할 수 있는 고백일 것이다.

# 지남指南의 돌

중국 연변의 용정시 실험소학교 교정에서 항일시인 심연수沈連洙의 문학비 제막식이 열릴 때였다. 문학비를 세운 한국의 우리문학기림회가 현지에서 주최하는 행사였다. 기림회 창립 멤버 중 한 분인 선배 문우의 권유도 있었지만, 여행 일정에 백두산 천지 관광이 포함된 것에 마음이 동해서 기꺼이 따라나섰다. 다녀와 생각하니 그 여행은 내가 우리문학기림회와 인연을 맺게 된 만남의 비의秘意가 아니었나 싶다. 행사를 마치고 돌아온 후 기림회의 활동에 깊이 공감하고 동참하게 되었으니 백두산 천지가 맺어준 소중한 인연이라고 할까.

가끔 선진국을 여행하다보면 부러울 때가 많았다. 러시아의 푸시킨, 도스토옙스키, 독일의 괴테와 실러 등 예술가들의 동상이나 기념비가 공원이나 광장 곳곳에서 행인들과 상시로 만나고 있었다. 시민들이 조상들의 예술혼을 기리며 자부심 속에서 자신의 인생을 설계하고 살아갈 수 있도록 도와주는 조형물들이다. 우리문학기림회가 창립되기 전, 강단에서 인문학을 가르치던 교수 몇 분이 함께 해외여행 길에 나선 적이 있었다고 한다. 귀국 후 여행지에서 느꼈던 소회를 나누던 자리에서 우리문학기림회가 탄생했다고 하니, 나는 입회하기 전부터 그분들과 '같은 곳을 바라보는' 관심의 동아리가 아니었나 싶다.

'기록된 것만 기억하는' 것이 역사다. 역사 속으로 떠난 작가들을 시민과 함께 기리기 위해서는 시민의 발걸음이 닿는 열린 공간에 조형물을 세우는 것이 최선일 터다. 누군가가 해야 할 이 일을 위해 작은 힘을 모아 팔 걷고 나선 우리문학기림회는 지난 30여 년 동안 전국 방방곡곡에, 더러는 해외에 모두 26개의 문학기념비를 건립했다. 외부의 지원을 마다하고 고집스럽게 회원들의 호주머니 능력으로 보이지 않는 곳에서 묵묵히 과업을 수행하는 초심은, 중국 용정의 심연수 문학비를 세우던 당시 열 명이던 회원이 오늘까지 열댓 명으로 불어난 것을 빼놓고는 달라진 것이 없다.

예외가 없는 것은 아니었지만, 입회 순서대로 회장을 맡는 관례에 따라 2017년 회장 차례가 왔다. 평소부터 마음에 담고 있던 우송友松 김태길 선생님의 문학비 건립을 제안했다. 우송 선생님은 문인보다는 철학자로서, 강단의 교육자로서 세상에 더 많이 알려진 분이라서, 내심 그분의 문학비 건립에 대한 회원들의 의중이 궁금했었다. 오히려 전업작가의 문학비보다 우송 선생님의 문학비 건립이 더 필요한 의미를 회원들은 이심전심으로 동감했기에 만장일치로 기꺼이 찬성해주었을 것이다. 이미 문학비 건립 경험이 풍부한 전임회장들이 앞장서서 일을 능숙하게 추진해준 덕분에, 준수한 문학비가 제작되어 기쁘고 고마웠다. 한해가 다 가기 전 12월, 현대식 건물 충주시립도서관 앞뜰에 '김태길 문학비'를 세우고 도서관 강당에서 격식을 갖춘 제막식도 거행했다.

충주는 김태길 선생님이 태어난 탯자리이지만, 대대로 내려오는 선대의 고향 땅은 아니었다. 선생의 부친은 경상도 상주 분으로서 독립운동을 하다가 7년의 옥고를 치른 후 계속 일제의 감시와 핍박을 받아 가세가 기울대로 기울었다. 선생의 부모님은 고향 상주를 떠나 선생의 외가가 있는 충주로 이주했다. 외조부의 배려로 충주 파소에 둥지를 틀었고, 이곳에서 막내로 태어난 선생은 충주공립보통학교를 거쳐 청주고등보통학교로 진학했다. 이어 일본 제3고등학교를 졸업하고 동경대학교 법학부에 입학했으나 학도지원병이라는 일제의 올가미를 피해 귀국 후 서울대학교 철학과에 편입학했다. 졸업 후 석사학위를 마치고 미국 존스홉킨스대학교에 유학하여 윤리학을 전공하고 철학박사 학위를 마쳤다.

문학비 제막식 행사에는 우리문학기림회원들 이외에도 서울에서 버스를 대절해 수필문우회 회원들이 다수 참석했고, 충청권의 원로 문인들도 자리를 함께했다. 수필문우회는 우송 선생님이 오랫동안 이끌던 수필가 모임이다. 선생님은 수필전문지 『계간수필』의 발행인이 되어 회원들로 하여금 수준 높은 작품들을 쓸 수 있도록 정성을 쏟아부었다. 필자도 말석에서 수필문우회원의 영예를 누리고 있었다. 매월 열리는 작품합평회에서 언제나 맨 마지막 순서에 들을 수 있었던 선생님의 간결명료한 총평은 모든 회원들의 마음에 오래 간직될 것이다.

특히 충주에 살고 있는 수필문우회원 김애자 수필가는 우송 선생님과 동향인이자 충주 지역사회에서 예술 분야에 공헌이 알려진 문인이었다. 문학비 건립을 위해서는 법에 따라 유관 관청의 허락을 받아내야 하는 등 절차적 문제들이 적지 않았다. 김애자 수필가의 헌신적 노력이 있었기에, 소원한 대로 시립도서관이라는 최적의 공공장소에 문학비를 세울 수 있었다.

## 철학과 문학의 진기한 가교架橋

알려진 대로 우송 선생님은 90평생을 학문과 교육에 헌신한 철학교수이며 대한민국 학술원 원장을 역임한 학자다. 다른 철학자들과 차이점이 있다면, 그분의 철학은 학문의 울타리 안에만 머물지 않았으며, 상아탑 밖으로 확장되어 인간의 실제적 삶, 사회의 현실적 문제와 접목되었다는 점이다. 철학문화연구소를 설립하여 세상 속에서『철학과현실』이라는 계간지를 발간하는가 하면 80이 넘는 노후까지도 '성숙한 사회가꾸기 모임'을 결성하여 사회 각계각층의 사람들과 뜻을 모아 다양한 퍼포먼스를 몸소 펼쳐 보이는 등 생각을 실천으로 옮기는 행동하는 철학자였다. 모든 사람이 좀 더 '깊고 넓게 그리고 바르게' 성숙한 삶을 살아갈 수 있기 바라는 집념의 철학자였다.

학문의 범주에 묶여 있는 철학을 해방시켜 세인의 실제적 삶으로 확장하려는 선생님의 절실한 소망이 일찍부터 실현된 것은 수필문학 창작을 통해서였다. 선생의 '수필문학'은 철학이라는 전공과 운명적으로 동시에 태어났을지 모른다. 1975년도에 초판이 나온 장편 수필집 『흐르지 않는 세월』이 판을 거듭하며 국민 필독서로 자리매김되었던 것은 한국의 독서계에 길이 남을 기록 중의 하나다. "삶에서 부딪치는 절실한 문제들을 근원적으로 처리할 수 있는 약간의 지혜라도 얻을 수 있을까 하는 동기에서 철학에 발을 들여놓았는데 어쩌다보니 그만 철학으로 밥벌이를 하는 전문가처럼 되어버렸다"는 겸양의 고백에서 우리는 선생의 철학 속에 숨쉬고 있는 실학實學의 가치와 의미를 넉넉하게 감지할 수 있다.

우송 선생님을 생각할 때면 나는 세종대왕이 떠오른다. 대왕은 어려운 한자를 사용할 수 없는 백성들을 위해서 쉽게 배울 수 있는 한글을 창제했다. 우송 선생님은 어려운 철학을 '철학가들의 독점물'로부터 해방시켜 보통 사람도 향유할 수 있는 수필이라는 문학작품으로 형상화해낸 것이다. "사람은 누구나 살면서 어려운 문제를 만날 때마다 진지하게 고민하게 마련이다. 진지하게 생각하는 것이 곧 철학이며 보통 사람도 누구나 조금은 철학적일 수밖에 없다. 그런데도 철학은 철학가들의 독점물이 되어 보통 사람들은 알아들을 수 없는, 다시 말해 전문가들을 위한 학문의 주제가 되는 것"이 그분에겐 너무 안타까웠을 것이다.

자전적 수필집 『체험과 사유』를 비롯해 12권의 역작 수필집은 철학가인 우송 선생님만이 놓을 수 있는 철학과 문학 사이의 진기한 가교架橋였다. 철학이 대중과 만날 수 있는 통로였다. 선생님의 실학정신을 떠올릴 때 따라나오는 사사로운 기억 하나가 있다. 2001년 '성숙한사회가꾸기 모임'이 창립될 즈음, 남편에게 모임에 동참하자는 취지문이 우편으로 날아왔다. 선생님이 남편을 개인적으로 알지는 못하시지만 법철학으로 강단에 섰던 남편을 선생님의 뜻깊은 사회정화운동에 생각해주신 것이 고마웠다.

하지만 정년퇴임과 동시에 고향으로 낙향한 남편은 자연 속에서 세상과 등진 은둔자의 삶을 살고 있을 때였다. 아이들 교육이 끝나지 않은 현실적 여건을 고려하지 않고 막무가내로 떠나버린 남편에 대한 원망은 좀처럼 사그러들지 않았다. 우편물을 남편에게 제때에 전하지 못했으니 어느덧 선생님께 전화로라도 고맙다는 인사 말씀 한마디 드릴 수 있는 기회마저 놓치고 말았다.

이듬해 내가 수필문우회에 입회하게 되었지만 '제가 아무개의 아내입니다'라고 말씀드릴 염치가 없었다. 하루는 문우회 사무실 근처의 조용한 찻집에서 선생님을 모시고 죄진 마음을 털어놓기로 작심했다. 그런데 선생님과 마주 앉으니 순서에도 없던 하소연이 먼저 튀어나왔다. 정년퇴임 하기가 무섭게 혼자 낙향해버린 남편에 대한 나의 원망을 들으시는 동안 선생님의 얼굴에선 연속 미소가 흘러나왔다. 그날 선생님께 사죄드리려던 나의 민망하고 무거운 짐을 해맑고 따스한 미소로 스르르 덜어주시던 모습을 잊으려야 잊을 수 없다. 타고난 근엄성 안에서도 상대를 편안하게 해주는 따듯한 마음이 어쩐지 선생님의 전인적 실학정신과 멀지 않을 것 같았다.

유서 깊은 충주 땅 시립도서관의 널찍하고 편안한 앞마당에서 '김태길문학비'는 세월이 흐를수록 문화의 이끼를 더해갈 것이며, 오가는 많은 시민과 후학들이 그 앞에서 발걸음을 멈추고 선생과 독대할 수 있는 정신적 지남指南의 장場이 될 것이다. 한국의 충주가 고대 그리스의 어느 도시처럼 역사 속에서 자랑스러운 한국 지성의 고을이 되기를 바라고 믿고 있다.

## 로댕과 코가 깨진 남자

세계사를 통틀어 서양의 로마제국 이외에 천년을 지탱한 또 하나의 왕조가 있었다면 한반도의 신라왕국이었을 것이다. 로마보다 비교할 수 없이 작은 경주지만 좁은 땅 안에 빼곡히 넘치는 불교 유적들은 로마에서 보았던 거대한 규모의 기독교 문화재들보다 더 크게 심금을 울린다. 이 땅에서 탯줄을 끊은 피조물의 원형적 무의식일까.

노천박물관이라고 일컬어지는 경주 남산에는 100여 개의 절터가 산재해 있다. 무엇보다 70여 군데의 바위와 암벽에 새겨진 부처상들은 서라벌의 하늘에 피어오르던 신라인들의 불심을 지금도 진하게 느낄 수 있게 해준다. 신라의 천년 사직에 불교는 있어도 그만 없어도 그만인 종교가 아니었음을 실감하게 했다. 겨우 1박 2일의 일정이었기에 발이 닿지 못한 유적들을 남겨둔 채 하산해야 했던 아쉬운 답사였다.

바위 절벽 곳곳에 양각으로, 음각으로 혹은 선각으로 새겨진 불상들은 그 오랜 세월 풍상을 견디면서도 여전히 은은한 여래의 빛을 잃지 않았다. 부처 하나하나마다 돌을 쪼던 석공들의 솜씨가 새록새록 경이롭다. 단순히 숙련된 장인의 손끝에서 오는 예기藝技의 결과가 아닐 것이다. 예술과 기술 사이에는 언어로 설명될 수 없는 신비의 세계가 있음은 예나 지금이나 다르지 않으리라. 인도에서 석가가 열반하신 후 수백 년 동안 불상을 갖지 못하던 무불상 시대가 있었던 것은 인도인의 조각 예술로는 석가의 '모습'을 빚어낼 수 없어서였다고 한다. 알렉산더 왕의 동방원정을 통해서 그리스의 조각 예술이 인도에 전해졌고, 비로소 오늘날 우리가 볼 수 있는 부처의 모습을 조형할 수 있었다지 않나.

석굴암 본존불의 볼록한 아래턱, 통통한 어깨, 매끈한 몸매는 수행과 고행으로 야월대로 야위었을 부처의 몸매가 아니다. 밖으로는 인간이 갖고 싶은 이상적 육체를, 안으로는 정신이 추구하는 지고한 법열의 미소를 담고 있는 석굴암의 여래상은 그리스의 이상주의가 추구하던 인간의 완전미에서 멀지 않을 것이다. 더구나 화강암의 단단한 돌을 쪼아 조각된 석굴암 불상은 그리스의 무른 돌 대리석의 조각 예술을 뛰어넘는 신라인의 심혈이 배어 있는 오롯한 신라의 석혼石魂이었다. 인도의 것도 그리스의 것도 아닌 신라인이 꿈속에 그리던 고요하고 너그러운 이상적 인간의 전형이 석굴암의 여래상이리라. '돌에도 피가 돈다'는 어느 시인의 석굴암

답사기는 읽는 사람을 숙연케 한다.

한국 불교예술의 완전미를 담고 있는 또 하나의 작품은 미륵반가사유상이다. 손으로 턱을 고이고 눈을 아래로 향하고 있는 반가사유상을 볼 때마다 비슷한 자세를 취하고 있는 로댕의 〈생각하는 사람〉이 떠오른다. 서울에서 열린 로댕의 작품전을 관람할 수 있었던 행운을 아직도 소중히 간직하고 있다. 대형 조각품 〈지옥의 문〉 꼭대기에서 팔꿈치를 무릎에 대고 역시 손으로 턱을 괴고 앉아 있는 〈생각하는 사람〉은 우리의 눈에 익숙한 로댕의 대표작이다. '생각하는 사람'이 내려다보는 지옥문 아래에는 단테의 『신곡』 중 지옥편에 나오는 인물들이 가득 모여 있었다. 시동생과 형수의 불륜 관계를 형상화한 〈파올라와 프란체스카〉를 비롯해 〈아담〉, 〈이브〉, 〈탐욕과 욕망〉 등 다이내믹하고 에로틱한 표상들을 로댕은 어쩌면 그토록 정직하게 그리고 인간답게 형상화해냈을까. 로댕의 조각품 〈지옥의 문〉은 그래서 단테보다는 오히려 『악의 꽃』의 시인 보들레르에 더 가깝다는 평을 듣는가보다.

미륵반가사유상과 로댕의 〈생각하는 사람〉은 얼핏 보아 형태가 아주 비슷하지만, 조금만 눈을 주면 두 작품의 차이는 역력하다. 시인 릴케의 표현대로 로댕의 〈생각하는 사람〉은 "살아 있는 사람이 할 수 있는 모든 힘을 다해 생각하고 있다. 그의 육체의 모든 부분은 머리가 되고 그의 혈관 속의 피는 몽땅 두뇌가 되어" 지옥문을 내려다보며 번민하고 있다. 양미간을 찌푸린 듯한 무거운

이마, 울퉁불퉁한 얼굴의 광대뼈는 미륵반가상과 전혀 닮지 않았다. 실핏줄 하나 드러나 보이지 않는 매끄럽게 정제된 몸매에서부터 희로애락을 전혀 읽을 수 없는 얼굴 표정에 이르기까지 인간이 추구하는 영원한 꿈의 완전미 바로 그것을 형상화해놓은 것이 미륵반가사유상이다.

둘째 날 답사하던 동남산 계곡에서 코가 깨진 이름 없는 좌불상을 만났을 때의 충격은 잊을 수 없다. 더구나 깨진 코 위에 이물질을 붙여 형체를 복원하려던 기술작업이 부처상을 이렇게 망가트릴 수 있을까 놀랍고 안타까웠다. 넓은 이마, 감은 듯 뜬 듯 자비로이 내리감은 눈, 체중을 느끼지 못할 만큼 사뿐히 틀은 가부좌 등 균형 잡힌 부처의 모습이, 깨어져 땜질한 코 하나로 인해서 이렇듯 송두리째 무너지다니. 아무리 바라보아도 코가 깨지기 전의 부처 모습을 상상해낼 수 없었다. 부처의 '깨진 코'는 중생에겐 수습할 수 없는 혼란이었다.

어리석게도 나는 불상 앞에 서면 부처의 표정 속에서 깨달음의 징표를 읽으려고 눈을 부릅뜬다. 깨달아본 적 없는 사람이 깨달은 사람의 표정을 알아볼 수 있을까. 하지만 인간은 아폴론적 완전미의 세계에는 영원히 이르지 못할 것임을 스스로 알고 있으면서도 그리로 향한 발걸음은 잠시도 멈추어본 적이 없다. 부처의 깨진 코가 중생의 가슴에 견딜 수 없는 상처를 안겨준 것도 그래서일 것이다. 답사팀의 일행 중 누군가 보기에 너무 안타깝고 민망했던

지 손수건을 꺼내서 코가 깨진 부처의 코 아래 부분을 몽땅 가려 본다. 부처 얼굴의 이마와 눈에서 뜻밖에도 여래의 잔잔한 미소가 퍼져나오는 것이 아닌가. 반쪽 얼굴에서 흐르는 부처의 미소가 어떻게 살아났는지 지금도 궁금하다.

로댕의 작품전에 전시되진 않았지만 그의 작품활동 초기에 이웃에 사는 막 노동자 비비라는 남자를 모델로 한 〈코가 깨진 남자〉라는 작품이 있다. 심하게 홈이 패인 노동자의 주름 섞인 얼굴에서 콧잔등이 망가진 정도의 흠은 경주 남산에서 보았던 코가 망가진 부처의 얼굴에서와 같은 충격과 절망감은 전혀 풍기지 않는다.

로댕은 자신의 작품활동의 출발점이기도 한 〈코가 깨진 남자〉를 통해서 하고 싶은 말이 많았을 것이다. 인간의 완전성을 조각하는 일이 자신에게 어울리지 않는다는 것을 알고 있었기에 오늘도 그는 지옥의 문 꼭대기에서 영혼이 깨진 인간군상을 내려다보며 여전히 '생각하고' 있는 것이리.

# 움직이는 화폭畫幅

실제로 붓을 들고 그림을 그리는 시간은 전체 작업시간의 10퍼센트 정도라는 화가의 독백이 뜻밖이었다. 나머지 90퍼센트의 시간을 붓을 들지 않는 내면의 창작에 쏟는다면, 화가의 그림 한 점이 얼마나 깊은 인문학적 동굴에서 태어나는지 놀라웠다. 충무로의 소극장에서 연극 〈Red〉를 관람하는 호사를 누렸다. 무대는 미국화가 마크 로스코의 작업실이다. 화가 로스코는 본래 대학에서 역사학, 철학을 전공한 인문학자였다. 그의 작품구상이, 글 쓰는 작가가 종이 위에 활자를 찍기 전 작품을 구상하는 과정과 크게 다르지 않다는 것을 알게 되었다.

로스코는 미국 사람들의 '좋아요' 문화를 좋아하지 않았다. '어떻게 지내세요? 좋아요. 이 그림 어때요? 좋아요.' 좋지 않은 것이 없다. 삶 속에는 고통스럽고 슬픈 일이 너무 많은데도 우리는 예쁜 것, 좋은 것에만 가치를 부여한다는 것이다. 예쁜 것, 좋은 것만을 원하는 마음을 탓할 수는 없지만 실재를 바로보자는 것이다. 화가 로스코의 입에서 니체의 『비극의 탄생』이 튀어나온다. 로스코는 1950년에서 1970년 사이에 뉴욕화단에서 활동하던 추상표현주의 작가였다. 니체사상이 부활하여 미국의 대중문화에서 주목받기 시작한 것도 그 무렵이었으니 로스코가 니체정신에 꽂힌 것은 우연이 아니었을 것이다.

『비극의 탄생』은 니체의 나이 27세 때 출판된 첫 저술이다. 당시 기성 학자들로부터 "이런 재간에 찬 야단스런 글을 쓰는 사람은 이미 학문적으로 죽은 사람과 다름없다"는 냉소적 평을 받기도 했지만, 오늘날은 '예술가를 위한 형이상학의 최고 경전'으로 꼽힌다. 니체의 말대로 '철학은 예술로 걸어가는 예비절차'다. 인간의 고통과 어두운 면을 아름답게 만들어 인간이 감당할 수 있는 것으로 만드는 것이 예술인 것은 맞지만, 고통과 괴로움을 삶의 조건 중 하나로 긍정하지 않는 예술은 '실재를 폭행하는 거짓'일 수도 있지 않은가라는 것이다. 아름다움만을 강조하며 삶 속에 있는 비극적인 모순을 외면하고, 삶의 의미에 대한 질문을 던지지 않는 사람을 니체는 '교양 있는 속물'이라고 불렀다.

철학을 전공하는 학생이 아니더라도 교양과목인 철학강의를 찾아다니던 학부생들이 많던 시절이 있었다. 그리스철학의 목적론적 이상주의는 내 인생의 밑그림을 그리는 바탕 물감이 되었던 것 같다. 돌이켜보면 그것은 인간의 본질에 대한 확신이었다기보다 고상한 것, 비범한 것, 높은 것을 동경하며 나에게서 풍겨나는 속기俗氣를 희석하고 싶은 보상적 향수가 아니었나 싶다. 흥겨운 우리 민요가락에 어깨가 들썩이는데도 굳이 고전음악 감상실을 드나들던 그 시절을 어찌 잊으랴. 대중가요 가수 이미자가 일약 세종문화회관에서 처음 공연을 가질 때만 해도, 고전적인 것만이 예술이라고 생각하던 많은 사람들은 이 파격적 이벤트에 적지 아니 의아해했었다. 그로부터 사반세기가 지난 2016년엔 트로트 가수 이미자가 시인 이승훈 교수와 나란히 만해 문예대상 수상자가 되었다.

플라톤적 이상주의는 참으로 오랜 세월 동안 인간 위에 군림했었다. 얼마나 많은 인류가 스스로 이루어낸 자신의 지식과 학문, 종교와 인습에 의해서 꼼짝달싹못하는 목적론적 노예가 되어 살아왔던가. 아는 것은 좋아하는 것만 못하고, 좋아하는 것은 즐기는 것만 못하다는 공자의 인생노트도 '생명의 철학'이라는 니체사상이 이 땅에 밀려오면서부터 새삼스레 크게 들리기 시작했다. 지난 세기야말로 '니체가 뒤흔든 철학 백년'이었다. 우리가 강자라고 생각하던 그리스적 고전주의를 니체는 거꾸로 약자의 도덕이라고 불렀다. 인간의 내부에서 분출하는 생성의 꿈틀거림을, 매일매일의 삶 속에서 만나는 아수라까지를 회피하지 않고 당당하게 긍정하는 디오니소스적 용기를 니체는 강자의 도덕이라고 했다.

관념적 이성주의에 젖어 있던 19세기의 점잖은 유럽 지성사회는, 육체의 심장이 뿜어내는 디오니소스적 에너지를 외면했다. 그리스 신들의 이름을 딴 아폴론과 디오니소스라는 대칭 개념은 오늘날 동양의 음양陰陽이론 만큼이나 보편적 개념이 되었지만, 이 양극적 개념을 최초로 정식화한 사람은 니체였다. 그는 특허라도 받고 싶었던지 "나 이전에는 아무도 디오니소스적인 것을 철학적 파토스로 인식하지 않았었다. 나는 나의 내적인 경험에 맞는 짝을 찾아냈다"고 선언했다. 고상한 아폴론적 에토스만이 존중받던 시대에 니체는 남들이 하찮게, 천박하게까지 여기던 디오니소스적 '내적 경험'을 당당히 철학적 개념으로 치환한 것이다. 디오니소스적 파토스라는 철학개념을 몸 속에서 찾아낸 니체는 철학가가 아니라 그의 삶이 곧 철학이었다.

창조하기 위해서는 파괴해야 하는가. 니체는 소크라테스를 뒤집은 거대한 반동이었다. 존재란 소크라테스가 생각한 것처럼 그냥 '있는 것'이 아니라는 것이다. 숨쉬고 움직이고 변해가는 생명의 디오니소스적 생기生起 그것이 곧 존재다. 자기동일성을 유지하는 존재는 가상假象일 뿐이다. 니체는 자신의 반시대적 인간 해체가 온 인류의 정신을 이렇게 뒤흔들어놓을 것을 얼마나 확신했으면 "내가 세상을 떠난 후 100년만 기다려보라. 인간이 무엇인지 이해하는 탁월한 천재가 나타나서 니체라는 사람을 무덤에서 발굴할 것이다. 수준 높은 작품이 이해되려면 시간이 필요하며 제대로 읽혀지려면 수 세기가 필요하다"고 예언했을까.

니체는 자신이 예언한 것보다 훨씬 일찍 역사 속에 부활했다. 그는 과연 수준 높은 철학가였다. 철학뿐만 아니라 심리학, 음악, 미술, 신학, 문학 등 니체의 숨결이 묻지 않은 곳이 없을 만큼 세상은 그의 정신을 빨아들였다. 무대에서 화가 로스코가 실제로 공간을 압도하는 거대한 캔버스에 비지땀을 흘리며 붉은 색을 칠한다. 칠해놓은 붉은 벽면은 금세 조명에 따라 시시각각 다른 색감으로 이미지가 바뀐다. 정말 '존재란 가상일 뿐'인가. 어느 불빛 밑에 있을 때가 로스코의 진짜 레드인가.

니체사상에 꽂혀 '있는' 화가 로스코가 무대의 작업실 한 켠에서 여전히 니체의 예술론에 대해 끝없이 반복하며 열강을 토한다. 로스코의 지루한 니체강의를 듣다 못한 작업실의 젊은 조수 켄이 스승의 말을 끊는다. "선생님, 똑같은 말을 되풀이하는 것이 정말 지겹지도 않으세요?"

'있는 것은 없다. 되어가는 것이 있을 뿐이다'라는 니체철학을 로스코는 자신의 언어 속에 움켜쥐고 놓아주려 하지 않은 것이다. 스승은 젊은 제자의 니체적 감관을 은근히 부러워했을지 모를 일이다.

# 자유의 두 얼굴

길눈이 어두워 갈림길에서 헤매던 곤란은 운전 핸들을 놓는 순간 털어낼 수 있었지만, 살아가며 시시각각 만나는 갈림길 앞에서는 핸들을 놓을 수도, 하차할 수도 없다. 남의 차에 편승해서 갈 수 있는 길은 더구나 아니다. 삶의 날 수가 늘어날수록 갈림길은 점점 여러 갈래다. 어느 길로 가야 옳은가. 선택의 폭이 넓을수록 결정장애의 무력증은 깊어간다.

크레타 출신 니코스 카잔차키스는 평생 자유를 위해서 작품을 쓰다가 무덤까지도 '나는 자유다'라는 묘비명墓碑銘을 들고 갔다. 무엇이 그를 그토록 부자유롭게 했을까. 그는 나이 20대에 그러니까 1910년대에 본토 그리스의 성산聖山 아토스에 올랐었다. 아토스 산은 속세와 단절된 수도원과 수도승의 산이다. 깎아지른 듯한 기암절벽에 제비집처럼 붙어 있는 암자에는 수도승들이 살고 있었고, 절벽 아래는 백골이 널려 있었다. 고통을 통하여 날개를 얻었다고 믿고 절벽 아래로 몸을 던진 수도승들의 것이라고 했다.

수도원에 살고 있는 원장신부에게 젊은 방문객 카잔차키스는 당돌하게 질문했다. "고행을 통하여 혼자 천국에 이르려는 이기적 수행이 무슨 의미가 있는가? 사람의 육체 또한 하나님의 작품인데 어째서 육체를 부정해야 하나님 나라에 들 수 있는지?" 원장신부는 성호를 그으면서 "사탄아, 물러가라"며 청년 카잔차키스를 내쫓는다. 카잔차키스가 아토스 산에 오른 것은 단순한 순례가 아니었다. 그는 진실로 수도자의 생애를 동경했었다. 어쩌면 수도자의 길을 걸을 수도 있을 것 같아 산에 올랐으나 절망하며 하산한다.

인간 스스로가 만들어낸 억압과 인습을 신의 뜻이라고 믿고 있는 종교와 성직자들을 카잔차키스는 견딜 수 없었다. 신이 인간을 만든 것이 아니라 인간이 신을 만든 것이다. 그의 눈에 비친 수도승들은 '거룩함'의 덫에 걸린 불쌍한 편집자偏執者들이었다. 마침내 카잔차키스는 '신으로부터 구원받기를 바라지 말고 우리가 오히려 수도원에 갇힌 신을 구해내야 한다'고 외쳤다.

카잔차키스의 자유정신은 알려진 대로 『그리스인 조르바』에 유감없이 드러나 있다. 조르바는 카잔차키스가 만났던 실재 인물로 전해진다. '자유로워지려면 광기가 있어야 한다'고 외친 조르바는 세 살짜리 어린 아들을 잃었을 때 덩실덩실 춤을 췄다. 남들이 미쳤다고 할 만했다. 슬픔을 극복하는 길은 단순히 슬픔을 견디어내는 소극적 삶이 아니라 적극적으로 죽음을 수용하고 사랑하는 길임을 행동으로 옮겼다는 조르바. 그는 세상의 관습과 질서를 단호히 거부했다.

작중 인물 조르바의 파격적 삶은 저자 카잔차키스 자신이 자기 변혁을 위해 불러온 최면이었는지 모른다. “두목, 당신의 책을 한 무더기 쌓아놓고 불이나 확 질러버리쇼. 그러고 나면 누가 압니까. 당신이 바보를 면할지.” 작품 속의 조르바도 두목도 모두 저자 카잔차키스의 분신으로 읽혀진다. 책을 불살라버리라는 조르바의 말에 두목은 화내지 않고 독백한다. “주린 영혼을 채우기 위해 오랜 세월 책으로부터 빨아들인 영양분의 질량과 겨우 몇 달 사이에 조르바로부터 느낀 자유의 질량을 돌이켜볼 때마다 책으로 보낸 세월이 억울해서 나는 격분과 쓰라림을 견딜 수 없다.”

최근 카잔차키스의 삶을 주의 깊게 관찰한 한 평론가의 글이 흥미로웠다. 카잔차키스가 사랑하는 아내 몰래 어느 여인과 외도의 길을 걸으려 할 때였다. 갑자기 얼굴과 몸 전체에 알 수 없는 습진이 퍼져 평소 친분이 있던 신경정신과 의사를 찾았다. 의사는 그의 병이 소위 ‘성자의 병’이라고 귀띔해주었다. 정신과 육체가 통일을 이루지 못하고 극심한 갈등을 겪을 때 앓는 병이라고 했다. 갈등은 자연을 벗어나 있다는 신호다. 그가 자유롭기 위해서 세상의 모든 구속으로부터 벗어나려 했지만, 메토이소노, 즉 ‘거룩하게 되기’라는 인간적 본성이 성자의 병이라는 표징으로 그의 발목을 잡은 것이다. 아토스 산의 수도승들을 거룩함의 덫에 걸린 딱한 사람들이라고 개탄하던 카찬차키스였다.

## 자유와 포개질 수 없는 자의恣意

카잔차키스의 자유를 만날 때마다 나는 또 다른 자유의 작가 도스토옙스키를 생각하게 된다. 인간의 분방한 판단이 '자유'와 동의어가 아님을 이미 도스토옙스키는 첫 번째 장편『죄와 벌』에서 의심할 만큼 의심했었다. 자기주의自己主意의 노예 라스콜리니코프가 고리대금업자인 전당포 노파를 살해했다. 벌레만도 못한 잉여인간을 제거한 한 젊은이의 초인철학이 박살이 난 것이다. 인간의 '비극적 자유'에 대한 그의 고뇌는 생애 마지막 장편『까라마조프 형제들』에서 정점에 이르렀다. 작품 속에서 그리스도를 심문하는 대심문관의 입을 통해 도스토옙스키는 절규했다.

"그리스도가 인간에게 부여한 정신적 자유, 즉 선악을 선택할 수 있는 자유는 너무나도 연약한 인간에겐 축복이 아니라 오히려 부담이고 저주다. 그리스도의 유일한 구원은 인간의 의식을 자유로운 선택의 여지가 없는 지평으로까지 끌어내리는 것, 즉 그리스도가 자기의 절대성을 선언하고 인간의 선택에 관여하는 것이다."

정녕 창조 때 신이 인간에게 심어준 자유는, 도스토옙스키가 신에게 반납하고 싶어 절규하던 그런 비극적 자유였을까. 자유가 비극이 되기 시작한 것은 피조물 인간이 모든 판단의 중심에 '자아自我'를 끌어들인 후부터였다. 신의 뜻을 역행하는 인간의 자의恣意가 자유와 포개질 수 없게 되면서, 자유는 도스토옙스키의 절규대로 축복이 아니라 저주가 되기 시작한 것이리라.

평소 카잔차키스의 자유, 그리고 도스토옙스키의 자유가 늘 나를 혼란스럽게 했다. 카잔차키스는 세상의 질서에 저항하며 더 많은 자유를 갈망했고, 도스토옙스키는 이미 자신에게 주어진 자유조차 신에게 반납하고, 선택의 자유로부터 벗어나기를 간절히 원했다. 나는 어느 쪽의 자유를 원하고 있는지 적지 아니 헷갈리는 것이었다.

세상의 질서에 저항한 카잔차키스의 자유정신을 생각해본다. 인류의 역사를 보더라도 그렇고, 생각해보면 저항은 질서와 질서의 충돌을 의미할 수도 있다. 어느 질서가 진리이고 어느 질서가 인간의 개인적 자의인지는 세상 끝날까지 창조주만 알고 있을지 모른다. 카잔차키스의 자유정신 속에도 자의적 자아실현의 욕구가 숨쉬고 있지 않은지 의심이 드는 이유다. 우연히도 '성자의 병'을 경험했다는 카잔차키스의 일화가 더욱 그런 생각을 하게 한다.

도스토옙스키의 자유는 어떤가. 주어진 자유를 신에게 반납하고자 간원했던 문호의 고뇌를 새겨본다. 정녕 그가 반납하고 싶었던 자유의 내용이 신으로부터 부여받은 태초의 자유였을까. 오히려

려 태초의 자유를 회복하기 위해서 끊어버려야 할 분방함을 자유라고 표현한 것이 아닐까 생각된다. 기실 도스토옙스키는 자유를 신에게 반납하기를 소원한 것이 아니라, 자신의 인간적 자의를 소멸시켜주기를 신에게 간절히 소원한 것이다.

두 작가의 자유라는 기표記表에서 보이지 않는 자의라는 기의記意를 들추어낸 것은 내 안에 가득한 자의의 혼돈이 반응한 조건반사였는지 모른다. 작품창작이 그렇듯 작품해석 또한 언제나 해석자의 정신적 환경의 산물인 것은 어쩔 수 없다.

창조 때에 선물로 받은 인간의 자유는 '자연'의 땅에서 호흡할 때에만 생명일 수 있거늘, 연약한 인간은 자유가 아닌 자의라는 지뢰를 밟고 서 있기에, 하릴없이 때때로 상처투성이가 되어 뉘우침과 고뇌와 속죄贖罪를 이어가며 살아가는 것이리.

가끔 "책을 불살라버리라"는 조르바의 음성이 들린다. 조르바가 두목에게 물었다. "뭣 때문에 그 많은 책들을 읽느냐"고. 두목의 대답이다. "책에는 인간의 혼미에 관해 쓰여 있지요." 오늘도 나는 뭇 사람들의 혼미를 뒤적이며 자신의 혼미를 그것에 비춰보는 것 이외에 무슨 일을 할 수 있겠는가.

## 제3장

# 고궁의 담 안쪽

# 에덴으로의 회귀

10년 넘는 짧지 않은 세월을 유럽에서 살다 돌아온 친구의 볼멘소리다.

퇴근길에 학교 앞에서 동료 교수와 함께 택시를 타고 요금을 반씩 나누자고 했더니 이튿날 교수휴게실에서 자신이 화제의 인물이 되었다는 것이다. 그것이 왜 화제가 되는지 도저히 알 수 없다는 친구에게 맞장구를 쳐주지도 못했고, 그런 행동이 한국에서 왜 왕따감인지 설득력 있게 설명해주지도 못했다. 아직까지도 나는 친구의 결곡한 삶의 방식이 왜 사람들에게 밉상으로 비쳐지는지 답을 모르면서 그저 택시 요금을 분배해 내는 것은 인색한 행동이라는 관습 속에서 살아가고 있다.

역사학자 토인비가 "500년 후 인류사를 뒤돌아볼 때 20세기에서 가장 중요한 사건은 동서양의 융합일 것이다"라고 말한 것은 포스트모더니즘의 태동과 때를 같이했다. 한국전쟁 이후 서양의 선진

학문을 배우려는 한국의 젊은이들이 썰물처럼 해외로 빠져나가던 즈음이었다. 1950년대 서양에서 기염을 토하던 실존주의 문학이 동양의 정신문화에 깊은 관심을 갖게 된 것은 역사의 퍼즐 같기도 하다. 유럽의 라틴문화권에서 보르헤스를 공부하면서 비로소 불교를 알게 되었다는 한국의 유학생도 있었다. 귀국 후 강단에서 서양문화를 가르치다가 지금은 불교 선원에서 도반들의 마음공부를 인도하고 있는 그의 삶을 보면서 토인비의 예언이 더욱 가까이에서 들렸다.

역사 속에서 어떤 변수가 등장할지 역사학자 토인비가 모를 리 없건만, 그는 지난 세기에 시작된 동서양의 융합이 향후 500년 후에도 인류의 역사에서 가장 중요한 사건일 것이라고 예언한 것이다. 수천 년 동안 동서양은 서로의 '다름'을 찾아내는 혜안에 박수치며 다름을 분별하는 능력에 논공행상도 많이 했다. 서양은 나누고 쪼개서 범주화하고 개별화하는 이성능력의 천국이었다. 논리적이고 과학적인 서양을 선진문화라고 부러워하면서도 동양은 여전히 사물과 사물, 사람과 사람 속에 숨쉬고 있는 애매모호한 관계의 끈을 놓을 수 없었다.

다투는 두 종에게 "네 말이 옳다" 고개를 돌려 다른 종에게 "네 말도 옳다"고 말하다가 옆에서 지켜보던 아내가 어찌 이것도 맞고 저것도 맞느냐고 불평하자 "당신 말도 옳소"라고 말했다는 명재상 황희 정승의 판단유보를 그저 우스갯소리로 흘려보내던 철없는 학창시절이 있었다. 포스트모더니즘이라고 부르는 오늘의 해체주의의 징조를 우리는 이미 황희 정승의 꾸밈없는 일화에서 알아차렸어야 했는데 그렇지 못했었다. "역사적, 철학적으로 꽤 공인된 학설들도 해체하고 들어가보니, 인간을 그리고 인간의 삶을 어설프게 성찰한 허점이 많더라"는 오늘의 서양 석학들은 황희 정승의 정신적 후예들인 셈이다. 아주 옛날 옛적 살았던 실존철학가는 아무래도 "이쪽에서 보면 이것이요, 저쪽에서 보면 저것이다"라고 말했던 장자 아니었겠는가 싶다.

서양은 참으로 오랫동안 '다르다'는 이분법적 '차이差異'만으로 인간 모습을 이렇게 저렇게 그려보려고 시도했으나 그려지지 않았다. '다르기도 하면서 같기도 한' '차연差延'이라는 개념 하나를 발견하는 데에, 즉 여성에게도 남성호르몬이 있고 남성에게도 여성호르몬이 혼재해 있음을 인정하는 데에 왜 인간의 이성은 그리도 인색했었는지 놀랍다. 융합은 새로 무엇을 어떻게 하자는 것이 아니라, 나누어지기 이전으로 돌아가는 것뿐이다. 자연의 존재방식 연기緣起에 서양의 이성이 눈뜨게 된 것이다.

헤르만 헤세는 대표작『유리알 유희』에서 "하나의 명제를 예리하고 엄격하게 공식화하면 할수록 그것은 거역하기 어려운 힘으로 반대 명제를 불러일으키게 마련"이라며 인간적 혼미를 호소했다. 그보다 400여 년 전 이미 몽테뉴도『에세』에서 "한 견해가 정설인 것 같다 싶으면, 정설로 보이는 또 다른 견해와 상충하기 때문에, 설득력이 있든 없든 내게는 모든 견해가 똑같은 것처럼 보인다"며 헤세가 경험한 모순의 경지를 일찌감치 체험했었다. 인간탐구의 갱도를 깊이 들어가본 작가일수록 그들이 약속하지 않고도 만나는 땅이 바로 '모순의 막다른 골목'일 터다.

모순은 저절로 생기지 않는다. 자연 속에 모순이 있을 리 없다. 모순이란 인간이 이름 붙인 사변적 용어일 뿐이다. "하나의 범주 안에 들어 있는 모순이 드러나면 또 다른 범주로 넘어간다"는 헤겔의 변증법은 헤겔 자신이 밝혔듯 '누구에게나 있는 모순의 정신을 법칙화하여 방법론적으로 다룬 것뿐'이다. 변증법은 모순을 인식하는 방법론일 뿐 모순을 어떻게 극복하고 살아갈 것인지 말해주지 않는다.

괴테는 헤겔의 면전에서 "변증법에 사로잡힌 많은 '환자'에게는 자연에 대한 연구가 효과적인 치료책"이라고 말할 만큼 모순의 사변성思辨性을 강하게 비판했다. 사변적이고 목적론적인 '주제'를 좋아하던 당시의 세상 사람들에게 괴테는 이렇게 말했다. "사람들은 작품의 중점을 찾으려 하는데, 내가 보기엔 우리 눈앞을 스쳐지나가는 풍부하고 다채로운 삶도 그 자체로는 이렇다 할 만한 경향이 없다. 굳이 그러한 경향을 바란다면 인간이란 제 아무리 어리석고 방황하게 마련인 존재일지라도 더 높은 손길에 인도된다는 것일 게다." 인간 본질의 선험세계야 창조주 외에 그 누가 알 수 있겠는가. 인간이 알 수 있는 것은 이렇듯 경험적 실존뿐이다.

해가 서산으로 기울수록 그림자가 점점 길어지듯, 내 안의 혼미도 세월이 갈수록 몸집이 늘면 늘지 줄지 않는다. 10년을 유럽에서 살다 돌아온 친구가 나에게도 택시 요금을 분배해 내자고 한다면 나는 아직도 확실하게 답할 말이 없다. 다만 친구가 국내에서 좀 더 오래 살다보면 더 이상 택시 요금을 나누어 내자고 제안하지 않을 것 같긴 하다. 공자의 인성론 성상근性相近, 습상원習相遠에 멈춰 선다. '인간의 본성은 가까우나 습성에 따라 멀어질 뿐이다.' 습성은 환경의 산물이다.

융합이란 동양이든 서양이든 습관이라는 잠에서 깨어난 사람들이 동시적으로 본성을 찾아가려는 개안開眼이 아닐까 생각된다. 여전히 본성의 절대적 세계는 선험의 영역이다. 다만 모든 삼라만상은 개체가 아니라 필연적으로 '관계적 존재'일 수밖에 없다는 차연差延의 도道에 동서양이 이토록 동시에 눈뜬 적이 있었던가.

토인비가 의미하는 융합은 동양과 서양이 함께 손잡고, 떠나온 곳 에덴으로 회귀하는 발걸음인 것이다. 그것은 오백 년보다 더 오랜 세월 아니 영원까지 인류의 역사에서 가장 중요한 사건이 될 것이다.

# 이판사판

산사山寺의 겨울밤을 어찌 어둡다 하리. 고개를 하늘로 젖히니 몸이 걷잡을 수 없이 허공으로 빨려들어간다. 하늘에 떠 있는 별들이 선명하면 할수록 더 멀리 느껴지는 오랜만의 체험이었다. 멀리 있을수록 그리움이 더 한 것이 어찌 별뿐일까.

살갗에 닿는 청량한 대기도 어둠을 씻을 만큼 상쾌하다. 이 무명無明의 영혼에게도 무언가 좋은 일이 있을 것만 같다. 이번 문화유적답사팀이 숙소를 호텔이나 펜션 대신 절간의 선방禪房으로 정한 것은 참 잘한 일이었다. 별들과의 만남도 소중했지만 잠시 방문한 과객過客들에게 법문을 허락한 주지 스님과의 인연이 더욱 기억에 남아 있다.

우리 앞에 나타난 주지 스님은 중년의 나이에 이지적인 학자의 인상을 풍겼다. 인상과는 달리 그의 법문은 인간의 형이하학적인 삶의 속살을 담담하게 쏟아냈다. 사심 없는 수도자의 고백을 다른 곳이 아닌 선방에 앉아 들을 수 있는 행운이 참으로 흐뭇했다. 도승의 풍자 섞인 자조적 언어에 중생의 웃음소리는 선방의 담을 뛰어넘었을 것이다. 아마 이웃 선방에서 용맹정진 수행하고 있을 스님들도 때아닌 나그네들의 왁자한 웃음소리에 잠시 입가에 미소를 지었을지 모른다.

먹는 즐거움은 스님에게도 대단한 것이었다. 스님들의 혀도 우리와 똑같이 미식美食의 유혹을 받고 있었다. 그뿐인가. 선방에서 치열한 구도의 길을 걷는 동안 한없이 경직된 스님들의 심신은 지대방이라는 휴게실에서 그 유연성을 찾는다고 했다. 젊은 비구 스님들의 입에서 거침없이 흘러나오는 해학이 있어 지대방이라는 공간이 그들에게 더욱 사랑받는 사랑방이 되었으리라는 것은 짐작하기 어렵지 않았다. 스님의 법문을 들으면서 원로 수필가의 글 속에 나오는 청자연적의 꼬부라진 꽃잎 한 개가 생각났다.

연적에 조각된 똑같이 생긴 꽃잎 중에 한 개가 옆으로 약간 꼬부라져 있을 때 작가는 이것을 '멋'이라고 불렀다. 그날 스님의 법문도 참 멋이 있다고 생각되었다. 꼬부라진 한 개의 꽃잎이 보는 이에게 멋일 수 있으려면 꼬부라지지 않은, 반듯반듯한 주위의 꽃잎들로 둘러싸여 있어야 한다. 인간의 물질적이고 본능적인 속성을 거침없이 쏟아내는, 스님으로서는 넉넉히 꼬부라진 위트가 그토록 멋이 있었던 것은 오랜 세월 선방에서 갈고 닦은 무서우리만치 치열한 그의 안광이 있었기 때문이리라.

그날 법문을 들으면서 많이 웃었다는 기억과 함께 스님이 줄곧 우리의 웃음을 채점하고 있었다는 느낌이 지워지지 않는다. 진주를 돼지에게 던져주고 있는 것이 아닌가 확인하려는 눈빛이 법문 사이사이에서 새어나왔다. 웃음 속에 가려져 지나쳐버린 법문의 한 대목이 여행에서 돌아온 후에도 나를 놓아주지 않았다. 사찰 안에는 이판理判과 사판事判이라는 역할 분담이 있는데, 참선을 하고 경전을 공부하며 도道를 닦는 스님 쪽이 이판이요, 절의 살림살이를 맡은 쪽이 사판이라고 했다. 그날 법문하는 스님의 안광에 주눅이 들지만 않았다면 나는 금세 이렇게 질문했을 것이다. '기왕에 인생을 걸고 출가하여 입산수도할 바에야 도를 닦는 이판을 할 일이지 뭐라서 구차한 살림살이를 맡아 하는 사판 쪽에 서겠는가'라고 말이다.

그보다 더 궁금한 것은 절간의 이판과 사판에 관하여 운을 떼어놓은 스님이 '이판사판'이라는 세상의 언어를 끝내 모르는 척 넘어간 점이다. 내 언제고 다시 산사를 찾는다면 꼭 한번 질문해보리라 마음먹고 있지만 그것이 언제가 될지 알 수 없으니 궁금증을 더 이상 묻어둘 수 없어 스스로 달래보는 것이다. 상황이 막다른 골목에 이르렀을 때 중생들의 입에서 저절로 튀어나오는 말이 "이판사판"이다. 갈림길 앞에서 어느 쪽으로든 정면돌파를 해야 할 속인의 상황어가 사찰에 사는 스님들의 역할 분담과 무슨 관계가 있단 말인가.

해탈解脫이란 말은 가볍게 입에 올릴 수 있는 어휘가 아니다. 해탈의 소망 하나만을 빼고는 아니 그마저도 놓아버린 출가구도자가 원하는 해탈이라면, 이판의 스님이든 사판의 스님이든 소망은 오직 하나이리니, 절간에서 자신이 맡은 일이 이판이면 어떻고 사판이면 어떻단 말인가. 희로애락, 영욕과 애증의 모든 분별을 털어내고 끝내는 생사에 얽매인 고통의 사슬까지도 끊어버린 불이不二의 문門, 아니 그 문조차 존재하지 않는다는 무문無門의 길을 걷는 수도자들에게 정녕 이판이 가는 길이 따로 있고 사판이 가는 길이 따로 있겠는가.

그러고 보면 이판사판은 용기 있는 사람만 입에 올릴 수 있는 언어다. 진리가 나를 어디로 인도하든 오직 진리에 자신을 내맡기는, 진리를 향한 절대적 자기 개방의 언어가 이판사판이다. 하지만 초楚나라의 귤나무가 제齊나라에 가면 탱자가 된다던가. 절간의 이판과 사판에서 새어나온 이판사판을 입에 올리는 겁없는 중생은 오히려 진리를 밟고 넘어설 기세다. 눈에 보이지도 않는 진리에 자기 자신을 맡기느니 차라리 내가 알아서 나를 관리하겠다는 어투다.

세월은 나에게도 불유구不踰矩의 계절을 알리며 죄어오는데 아직도 사찰의 수도승들을 이판과 사판으로 가르며 화이트칼라, 블루칼라의 액자짜기를 멈추지 못하고 있다. 그날 법문하던 스님께 던지고 싶었던 질문을 입 밖에 내지 못했으니 망정이지 근기根氣

낮은 나의 무례함을 어찌할 뻔했나. 정녕 성숙의 계절이 오긴 올 것인가. 천형天刑 같은 분별심은 세상 끝날까지 안고 갈 원죄임을 모르지 않는다.

해탈과 나 사이의 거리는 저 하늘의 별만큼이나 멀고 아득할지 모르나 밤하늘의 별 속으로 빨려들어가는 그리움의 가슴이야 어찌 죄 있다 하리.

# 고궁의 담 안쪽

창경궁의 돌담은 언제 보아도 고즈넉하다. 잘 정돈된 담의 높이는 한 칸 한 칸 질서를 타고 올라갔다. 담쌓기의 기하학적 솜씨가 옛 왕실의 법도를 연상케 한다. 한산한 시간대에 시내버스에 앉아 내려다보니 활짝 열린 고궁의 안뜰에는 야외촬영을 나온 신혼부부의 모습이 부산스럽다. 카메라맨, 조명판을 들고 따라다니는 조수, 신부신랑의 친구들, 영락없이 영화촬영을 나온 작품 제작의 스태프이다.

백설처럼 순결한 웨딩드레스를 입은 신부가 땅에 끌리는 드레스를 안타까이 두 손으로 움켜잡고 카메라맨을 따라간다. 카메라맨이 시키는 대로 모델 노릇하기가 어찌 쉽겠는가. 웨딩드레스 속에 입은 청바지를 정강이까지 드러내며 고궁의 마당을 걸어가는 신부의 모습이 첫눈에 코미디 같아 절로 웃음이 나왔다. 다음 순간 내 안에 숨어 있던 추억 한 토막이 이내 웃음을 거두어간다. 오십 년 전의 일이나 닷새 전의 일이나 기억 속에선 높낮이도 강약도 없다.

나이 서른 무렵 해외에 체류할 때였다. 우연한 인연으로 조그만 여성단체로부터 한국을 소개해달라는 부탁을 받고 몹시 망설였다. 오늘날의 아프리카 후진국들보다 더 가난한 내 나라에 대해서 무슨 말을 할 것인가. 보릿고개에 대해서 설명해줄 것인가, 유럽행 비행기표 한 장 값이 작은 집 한 채 값과 맞먹는다는 신화 같은 이야기를 해줄 것인가. 그들이 한국에 대해서 아는 것이라곤 한국전쟁을 겪은 피폐하고 못사는 나라라는 것이 전부였다. 그리 무식한 사람이 아니더라도 한국에선 중국어를 쓰는지 일본어를 쓰는지 묻는 사람도 있던 때였다. 더 많은 사람들은 지구상에 한국이라는 나라가 있는 것조차 알지 못했다.

그래도 나라 안에서는 '하면 된다'는 신바람 에너지가 용트림하기 시작하던 때였다. 정부에서는 외국어로 된 홍보책자도 만들어냈다. 나도 수중에 한 권 갖고 있었기에 간추리면 그런대로 보이고 싶지 않은 부분은 감추면서 한국을 소개할 수 있을 것 같기도 했다. 그보다 더 나에게 용기를 준 것은 출국할 때 마음먹고 장만해서 짐 가방 속에 넣은 한복 한 벌이었다. 한복을 입고 나가면 그 자체로도 어느 정도의 한국 소개가 될 것 같았다. 그날 나는 한복 차림으로 그들 앞에 섰다. 준비된 원고 덕분에 강연은 무사히 마쳤지만 끝난 후가 문제였다.

예상대로 한복은 그들에게 신선한 호기심을 던져주었다. 여러 명의 주부들이 내 앞으로 몰려오더니 한복을 격찬하며 알고 싶은 것이 많았다. 한복의 곡선이 어디에서 오는지 궁금했던 모양이다. 본래 풍성할 수밖에 없는 한복의 치마폭에 대해서 그들이 그토록 관심을 가지리라고는 생각지 못했었다. 속옷으로는 무슨 옷을 입느냐고 묻는 것이 아닌가. 짐 가방 속엔 한복 한 벌 챙겨넣었을 뿐, 속고쟁이까지 층층이 챙겨넣지 못했다. 그날 나는 치마 속에 청바지를 입지는 않았지만, 전통의상의 격식에 따르는 속옷을 제대로 갖추어 입지 못했었다. 치마와 속치마를 조금만 올리면 뻘건 종아리가 나올 판이었다.

그들이 그날 볼 수 있었던 건 내가 신고 있던 옥양목 버선목이 고작이었다. 다행히 주부들은 옥양목 버선과 고무신의 맵시를 신기해하며 나를 놓아주었지만, 그 순간 나를 엄습했던 당혹감은 잊을 수 없다. 본래 우리의 어머니와 할머니들이 겹겹이 챙겨 입던 속옷을 나도 품위 있게 갖추어 입었더라면 같은 여자들끼리이니 보여주지 못할 것도 없었을 터였다. 외화내빈이 별것인가. 내실을 갖추지 못하고 밖으로 그럴싸하게 보이려던 작심이 정곡을 얻어맞은 것이다. 그날 나의 옷차림은, 내 나라 한국에 대해서 어두운 것은 꼭꼭 묻어둔 채 보이고 싶은 것만 얘기한 나의 발표 내용과 너무 닮아 있었다.

정말 등에 진땀이 날 만큼 혼이 났건만 그 후로도 남의 눈에 띄지 않고 무사히 넘어간 일을 다행으로 여기던 많은 세월을 살았다. 노년의 명배우는 젊은 날 무대에서의 빼어난 연기를 회상하며 자부심을 가질 수도 있을 것이다. 연극에서야 무대 뒤에서 일어나는 일이 아무려면 어떤가. 무대 위에서 연기만 잘하면 성공한 배우다. 삶은 연극이 아니니 관객을 위해서 충성해야 할 의무가 없는데도 우리의 관심과 시선은 온통 세상이라는 관객을 향해 있지 않은가. 타율을 싫어하면서도 속절없이 남에 의해, 세상에 의해 조종되는 역설이다. 진정한 평화는 안과 밖이 같을 때에만 누릴 수 있음을 모르지 않으면서도 가시나무새가 운명적으로 가시에 찔리듯 과장의 욕구도 인간이 피할 수 없는 가시인지 모른다.

"겉치레로 살지 마라. 비본질적인 나로 살지 마라. 네가 마땅히 되려는 것으로 살아라"고 뜨겁게 외친 사람 중 하나는 '죽음에 이르는 병'에 시달린 키르케고르(1813~1855)였다. "나는 방금 파티에서 돌아오는 길이다. 나는 단연 파티의 주인공이었다. 재치 있는 말들이 쉴 새 없이 나의 입에서 흘러나왔고 사람들은 끊임없이 웃음을 터트리면서 나를 부러움 섞인 눈초리로 쳐다보았다. 그러나 나는 떠나 왔다. 그리고 나 자신을 총으로 쏘고 싶었다." 권총으로 자신을 쏘고 싶을 만큼 자신의 실존성을 의심했던 그의 길지 않은 생애는 '폭탄이 터져서 불사르듯' 동시대인들을 화들짝 놀라게 했었지만, 이제는 놀라움이 아니라 삶의 부조리에 눈뜬 현존재들의 순례지가 되었다.

육십을 살아도 칠십을 살아도, 진정한 내면의 평화를 포기하면서까지 여전히 안보다는 밖으로 향한 창문의 유리를 닦는 데에 열심이거늘, 어찌 새 색시가 하얀 웨딩드레스 속에 청바지를 입었다고 해서 기이하게 여길 것인가.

역사는 구중궁궐 고궁의 담 안 쪽에서 일어났던 일들을 곧이곧대로 다 말해주지 않는다. 활짝 열린 고궁의 뜰에서 양 손으로 우아한 웨딩드레스를 움켜잡고 걸어가는 새 색시의 청바지가 고궁의 담 안 쪽을 단박에 바꾸어놓았다.

# 탈을 써야 탈을 벗지

하회마을 한번 구경하기가 왜 그리 어려웠는지.

휘감겨진 낙동강의 허리춤에 고색이 창연한 기와집들이 의연하다. 소리 없이 흐르는 강줄기, 여인의 속살같이 뽀얗게 드러난 모래사장, 강 건너에 버티고 서 있는 산이랄 수도 바위랄 수도 없는 부용대. 요즈음은 사공이 없어 배를 젓지 못한다니, 강 건너 코앞에 부용대를 두고도 멀리 있는 다리를 건너 돌고 돌아 부용대에 올랐다.

넓적한 바위산 부용대에 올라 강물을 내려다보니 오래 전에 보았던 라인 강가의 로렐라이가 생각났다. 자연적 경관으로 보아 부용대보다 나을 것도 없는 로렐라이가 독일인에게 뿐만 아니라 전 세계인에게 관광의 명소로 꼽히고 있는 것은 시인 하이네의 덕이다. 하이네가 유대인이라는 이유로 그의 책을 모두 분서하도록 명령한 히틀러도 〈로렐라이〉만큼은 작자 미상으로 둔갑시켜 독일 국민에게 노래를 부를 수 있도록 허용했다니, 로렐라이가 독일 민중의 가슴에 얼마나 깊이 자리잡고 있었는지 짐작케 한다.

하회마을 또한 많은 사람들로부터 사랑받는 데에는 자연적 풍광 말고도 까닭이 있었다. 이번 답사에 따라나선 것은 참 잘한 일이었다. 때마침 열리는 하회별신굿 탈놀이를 구경할 수 있었던 건 커다란 행운이었다. 별신굿 탈놀이는 로렐라이에 얽힌 전설적 노래와는 달리 지금도 살아서 신명나게 굿판이 열리고 있었다.

몇 해 전 나는 안동에 사는 친지로부터 하회탈 몇 점을 선물로 받은 적이 있다. 말로만 듣던 하회탈을 선물로 받고 보니 문화재를 손에 넣은 기쁨으로 흐뭇했다. 그러나 벽에 걸어놓은 하회탈은 자신의 예술적 가치에 대해서 아무것도 말해주지 않았다. 턱을 따로 떼어서 끈으로 매어놓은 것 빼고는 여느 탈과 별로 다를 것이 없었다. 탈 예술의 진수가 어디엔가 숨어 있으련만 무지한 내 눈이 그것을 찾지 못하는 것이려니 하고, 찾을 때까지 기다리는 심정으로 지켜만 보고 있었다. 바로 그 탈들을 이번 하회별신굿 탈놀이에서 만난 것이다.

흙마당에 멍석을 깔고 그 위에서 펼쳐지는 탈놀이를 나는 조금이라도 가까이에서 보려고 맨 앞줄에 자리를 잡았다. 어렸을 적 동네에 오는 서커스단을 기다릴 때도 그랬었지. 이윽고 하회마을의 수호신이라는 각시탈이 남정네의 무등을 타고 한 바퀴 돌아나가더니 선비, 양반, 부네, 할미, 백정, 초랭이, 이매가 차례로 등장한다.

위선과 허세로 엮어가는 양반과 선비의 입씨름이 막상막하다. 그들을 유혹하는 에로틱한 부네의 몸짓이 간지럽다. 선비와 양반의 관능적 짓거리를 조롱하는 백정의 너스레, 상전인 양반의 비행을 깐족거리는 초랭이의 발칙한 고발이 위험수위를 넘나든다. 자신이 장애자 절름발이이면서 관중을 향해 '뱅신들, 뱅신들'을 연발하는 이매의 냉소는 별신굿의 백미였다. 탈의 주인공들은 모두 여과 없이 본심을 드러낸다. 순간적으로 나는, 지금 저들이 쓰고 있는 탈이 가면이 아니라는 생각이 들었다. 그 가면이야말로 그들이 자기 자신으로 돌아갈 수 있는 구원인 것이다.

그들은 일년 중 오늘 하루를 제외한 모든 날들을 그들에게 씌워진 신분의 탈을 쓰고 살아야만 했다. 적어도 별신굿이 펼쳐지는 오늘 하루만은 그들의 신분적 배내옷을 벗어던지고 알몸의 자신으로 돌아갈 수 있는 자유를 선물로 받은 것이다. 그 선물이 바로 저들이 지금 얼굴에 쓰고 있는 탈이 아닌가. 그런데 그 자유를 만끽하는 그들의 놀이에 관중이 왜 이토록 신명나 하는 것일까.

양반, 선비, 부네, 초랭이, 이매. 이 모든 인간적 유형은 고스란히 관중의 가슴 속에서도 살아 숨쉬고 있었다. 인간의 내부는 참으로 복잡한 것이어서 해체만 할 수 있다면 이보다도 훨씬 많은 탈을 필요로 할는지 모른다. 관중은 양반을 만난 것이 아니라 자신의 오만함을 만났고, 부네를 만난 것이 아니라 자신의 에로티시

즘을 만났고, 이매를 만난 것이 아니라 자신의 열등의식을 만난 것이다. 그래서 관중은 한 시간 넘는 공연 시간을 열화와 같은 일체감 속에서 그토록 박장대소하며 즐거워했던 것이다.

하회탈놀이에서 맛볼 수 있는 카타르시스는 다른 연극에서와는 달랐다. 주인공이 따로 있는 것이 아니라 모든 탈이 주인공이었다. 가장 존귀하다는 양반과 선비에서부터 가장 천시받았을 이매에 이르기까지 주역과 조역이 따로 정해져 있지 않다. 그들 하나하나는 어느 것 하나 빼놓을 수 없는 인간의 다양한 자화상이다. 그 모두를 유머와 해학으로 뭉뚱그리는 별신굿의 멍석은 그 어느 예술공연 무대보다 인간을 정직하게 표현한 표현주의 예술의 광장이었다.

특히 세상에서 가장 천대받던 장애자 이매가 관중을 휘어잡는 당당한 몸짓과 언어는, 관중의 내면에 숨겨져 있던 이매콤플렉스를 치유해주는 흐뭇한 광경이었다. 숨겨진 흉터를 밖으로 끌어내어 어루만질 수 있도록 허락된 마당, 이 마당에 초대받은 관중들은 모두 행복해보였다.

하회별신굿 탈놀이는 상민들의 놀이이지 양반들의 놀이문화가 아니었는데도 거기에 드는 모든 비용을 양반들이 부담하고 기꺼이 행사를 마련해주었다니 우리의 전통적 반상班常문화는 서양의 노예제도와는 많이 달랐던 것 같다. 탈놀이마당의 멍석 위에서는 노예문화의 일그러진 모습을 상상할 수 없었다. 너와 내가 각자의 직분을 통해 상생하는 대동사회의 평화를 만끽한 훈훈한 명석무대였다.

탈놀이마당에서 펼쳐지는 이 해학과 풍자를 직접 만나보지 못하고 단지 나무를 깎아 만든 벽에 걸린 탈 속에서 하회탈의 예술혼을 아무리 찾으려 한들 그것이 찾아질 것인가. 한 시간이라는 공연 시간은 내가 선물로 받았던 하회탈의 진가를 발견하는 행운의 순간이기도 했다.

# 선입견의 폭력

귀가길 지하철이 꽤 복잡한 걸 보니 어느새 러시아워에 접어든 모양이다. 책을 읽고 있던 젊은이 하나가 느린 동작으로 자리를 양보한다. 내 손에 들려 있는 묵직한 가방도 자리를 양보받는 데에 한몫 했을 것이다. 집을 나올 때는 부랴부랴 지하철에서 읽을 거리를 주섬주섬 가방에 챙겨넣는다. 자투리시간을 관리하려는 지혜 같지만, 이런 집착의 속내는 보이는 것만큼 평화롭지 못하다. 쫓기는 사람의 지병인 '주변머리 없음'의 이면일 것이다.

책을 읽다 말고 자리를 양보한 젊은이에게 미안한 마음이 들어 가방에서 냉큼 책을 꺼내지 못하고 엉거주춤 앉아 있는데 갑자기 번개같이 떠오르는 공포가 온몸을 덮친다. 집을 나온 지 대여섯 시간은 족히 되었을 터. 큰 솥에 한약 10첩을 한꺼번에 앉혀 달이다가 가스 불을 끄지 않고 나온 것이다. 읽을거리를 챙기기 전에 가스 불을 먼저 점검했어야 했거늘. 지금 후회가 무슨 소용인가.

축지법이 있다면 얼마나 좋을까 안타깝게 상상해본다. 소방차로 아수라장이 되었을 집 앞 골목이 눈앞을 가리니 아무것도 보이지 않는다. 순간 내 코에서는 한약 타는 냄새가 진동한다. 후각의 거짓에 나는 속수무책이었다. 집에 앉아서도 한약을 태웠던 기억이 냄새를 더욱 진하게 했는지 모른다.

집에 당도하니 다행히 골목은 조용했다. 늙은 주부의 쇠진한 기억력은 그렇다 쳐도, 지하철 안에서의 약 타는 냄새는 무엇이었단 말인가. 후각이 나를 속이고 있다는 것을 번연히 알면서도 감각의 거짓을 왜 이성이 뒤집지 못하는지 정말 알 수 없는 일이었다. 답 없는 질문이 서서히 잊혀갈 무렵 또 일이 터졌다.

고속도로가 아닌 한적한 지방도로였다. 남편의 옆자리에 앉아 이정표를 확인해주며 목적지를 향해 달리고 있었다. 이정표에는 우리의 목적지가 분명하게 적혀 있었다. 가도 가도 목적지가 나오지 않는다. 애시당초 목적지는 그곳에 없었다. 갔던 길을 되짚어 오면서 일부러 차를 갓길에 세우고, 갈 때 보았던 이정표를 확인했다. 잘못 읽었다니! 믿어지지 않는다. 나를 믿고 운전에만 열중하던 남편도 어이없는 표정이다. 내 눈앞에서 이정표가 뒤바뀐 기이한 일이었다. 이번엔 후각이 아니라 시각이 나를 속인 것이다.

며칠 전 신문에서 오려놓은 신경과학자의 칼럼을 뚫어지게 읽고 있다.

"사람은 눈에 보이는 것들을 자기 나름의 필터로 거르고, 자신이 가진 개념으로 각색해서본다."

철학적 인식의 세계에서 일어나는 관념의 영역이 아니라, 신경과학자의 임상적 경험이 내놓은 과학 칼럼이었다. 만일 내 몸이 스스로 경험하지 않았다면 단지 인체 과학자의 연구 결과일 뿐 남의 일로 여겼을 것이다. 과학자의 칼럼은 내 몸의 경험과 일치했다. 그런데 자신의 필터로 거르고, 자신의 개념으로 각색하는 역할 담당을 내 안에서 누가 했단 말인가. "감각은 결코 거짓말을 하지 않는다. 감각의 생성, 소멸, 변화를 날조하는 것은 이성뿐"이라는 철학자의 말이 이 순간 귀에 쏘옥 들어온다. 지하철 안에서 갑자기 진동하던 약 타는 냄새, 원하는 목적지를 이정표에서 엉뚱하게 읽어버린 착시 모두 감각이 아닌 이성이 날조한 선입견의 작동이었다. 선입견은 존재 자체를 떠난 인간의 '개념'에서 온다.

텔레비전 화면이 오늘처럼 매혹적일 때가 없었다.

바다 속에서 펼쳐지는 수중 파노라마다. 움직이는 것들의 생김생김이 참으로 다양하다. 물고기도 아니고 짐승도 아닌, 그 둘 다이기도 한 희한한 생명체도 있다. 어떤 것의 몸뚱어리는 오만 가지 색의 집합체다. 미술관에서 색채의 잔치를 보는 듯하다. 생명체들은 원하는 대로 종횡무진 헤엄쳐 다닌다. 잘못 가는 길이 없는 절대 자유의 세계다. 그들이 바다 밑에서 살아가는 방식은 선입견에 발목잡혀 당치 않은 곳으로 호도되기 일쑤인 나에겐 위로받지 못할 충격이었다.

그토록 자유롭게 헤엄치는 바다 생명들이 적을 만나면 순식간에 죽어 있는 물체가 되어버린다. 어떤 놈은 자신의 몸뚱어리와 질감이나 색깔이 똑같은 암석에 달라붙는다. 아니 암석이 되어버린다. 어떤 놈은 산호의 몸체 속에, 어떤 것은 기기묘묘하게 생장하는 해초들 사이에다 자신의 몸을 완벽하게 합일시킨다. 신의 요술이다. 살아남기 위해 그것들은 예외없이 자연 속을 파고든다. 생존을 위한 위장僞裝은 동물에서부터 영장류까지 이미 창조 때에 부여받은 생존본능이다. 자연의 품에 완벽하게 안길 수 있는 바다 생명들의 능력은 인간과 비교할 수 없이 천부적이다. 그들의 삶 자체가 곧 자연이건만, 나는 지금 그들의 변신을 인간의 꼼수 위장僞裝에 비유하고 있다. 이성을 갖지 않은 바다 생명들에겐 당치 않은 무고誣告다.

언젠가 인도네시아 앞바다의 비극적 해일에서 수십만의 인명 피해가 나왔을 때도 해변에 서식하던 동물과 곤충들은 먼저 알아차리고 화를 면했다지 않나. 오로지 감각만으로 자연 속에서 생명을 보존할 수 있는 피조물이 부럽다. 의사들에겐 'VIP신드롬이라는 것이 있다'고 들었다. 과잉검사와 반대되는 경우다. 이 환자에게는 나쁜 병이 생기지 않을 것이라는 의사의 자기암시 때문인지, 어쨌든 보통의 환자에게 하는 것보다 너그러운 검사를 한 결과, 큰 낭패를 보는 경우를 주위에서 몇 번 보았다. 선입견이 끼어든 '생각' 하나가 환자의 생명을 좌지우지하는 것에 비하면 이정표를 잘못 읽은 것쯤이야 낭패라고 할 수도 없지만 어쨌든 믿을 수 없는 이성이라는 관리자를 떼어내지 못하는 한, 내 삶이 언제 또 무슨 낭패를 당할지 몰라 두렵다.

그래도 어느 지점에서 잘못 읽은 이정표를 확인할 수 있었으니, 그리 운運이 안 좋은 하루는 아니었던 것 같다. 회향할 시간을 놓치고 그대로 주행하다보면 하루해가 다 가고 마는 것을.

# 생각 따로 말 따로

학기말이 되면 자신의 학점이 생각했던 것보다 덜 나왔다고 문의하는 학생이 간혹 있다. 학생의 짐작이 맞다. 주관식 서술형이 아닌 외국어의 경우는 시험본 당사자의 채점이 어지간히 맞아떨어진다. 그럴 때마다 나는 '딴 사람들이 시험을 잘 보면 본인의 점수가 내려가고, 딴 사람들이 시험을 못 보면 본인의 점수가 올라간다'는 상대평가의 성적 산출 근거를 설명해주어야 한다. 설명을 듣고 난 학생들은 체념이 빠르고도 투명하다.

이미 수없이 많은 상대평가의 터널을 지나 대학에 들어온 학생들에게 상대평가라는 잣대는 그들이 호주머니에 넣고 다니는 핸드폰의 존재만큼이나 친숙하고도 당연한 것 같다. 나의 능력, 나의 노력대로가 아니라 옆 사람의 그것에 따라 나에 대한 평가가 달라져야 하는 우연성에 그토록 친숙하게 된 학생들이 애처롭기까지 하다.

세계 최초로 에베레스트 정상에 오른 영국의 힐러리라는 등산가는 네팔의 셀퍼 출신 텐징과 정상까지 동행했는데 둘 중 누가 최고봉의 바위에 한 쪽 발을 먼저 올려놓았는지 아무도 목격한 사람이 없다. 당시 세계의 언론들은 영국의 힐러리를 세계 최초의 에베레스트 정복자라고 보도했지만 시간이 지나면서 텐징이 자신이 힐러리보다 한 발 먼저 정상의 바위를 밟았다고 주장해서 국제적 분쟁으로 이어진 적이 있다고 한다.

등산가가 아닌 나의 눈에는 한 발을 먼저 정상의 바위에 올려놓았다는 사실이 등산가의 능력을 판가름할 만한 척도라고 여겨지지 않는다. 그런데도 나라와 나라가 그 문제를 놓고 다툼을 일으킬 만큼 매달렸다면 무엇이 인간을 이렇게 본질이 아닌 것에 집착하게 했는지 궁금하지 않을 수 없다. 왜 사람들은 일등을, 영웅을 꼭 뽑으려 하나.

영웅은 스스로 태어나는 것이 아니라 대중이 누군가에게 영웅이라는 이름표를 달아주고, 자신들의 잠재된 소망을 투사하는 무의식의 대상인지 모른다. 때로는 제비뽑기의 일등이건 심지어 능력의 순서가 뒤바뀐 오류의 일등이건 어쨌든 일등을 집요하게 찾는다. 일등은 상대평가라는 게임의 운 좋은 수혜자다. 반대의 경우도 있다. 상대평가의 눈금은 꼴찌를, 낙오자를 찾는 데에도 날렵하다. 남의 실패나 비행이 유쾌하지 않으면서도 사람들의 관심은 일등을 찾을 때와 다르지 않다. 자신이 실패나 실수의 주인공이 아니라는 것에 안도하는 방어기제일 수도 있을 것 같다.

건국 이래 가장 참혹한 사고였다는 삼풍백화점 붕괴 때였다. 연일 사망자 발굴 작업이 이어지고 세상은 온통 분노와 슬픔으로 호흡을 고르지 못하고 있었다. 응징의 대상은 물론 백화점 소유주였다. TV에서는 여론을 반영하는 특별간담회가 열렸다. 사고를 바라보는 각계각층 대담자들의 시각은 거의 같았다. 인명보다 돈을 택한 파렴치요, 부도덕이라고 질타했다. 출연자 중 오직 작가 한 분의 말은 달랐다. "매일매일의 매상고 4억이라는 돈은 눈으로 볼 수 있는 확실한 현실이고, 건물의 하자로부터 발생할 수 있는 사고는 하나의 개연성이었다. 나라면 과연 그날 4억을 포기하고 백화점 문을 닫았을까 자문해보았지만 어느 쪽을 택했을지 자신이 없다."

분노한 세인들이 백화점 주인에게 던지던 돌을 이 작가에게 던지지나 않을까 두려울 만큼 분위기로 보아 그의 말은 파격이었다. 작가의 이 굴절 없는 자조自照적 언어는 간음한 여인에게 돌을 던지는 군중을 향해서 '누구든 죄 없는 자가 그녀에게 돌을 던지라'고 한 성경 구절을 연상케 했다. 군중 속에는 자신이 그녀보다 낫다고 생각하는 사람이 없지 않았겠지만, 아무도 그녀에게 돌을 던지지 못했다. 성경은 인간의 자기 자신에 대한 상대평가를 허용하지 않은 것으로 읽혀진다. '흉악한 자 옆에 악한 자가 있으면 악한 자도 제법 괜찮아 보인다'는 셰익스피어의 명언은 음미할수록 상대평가의 허구성을 일깨운다.

우연한 지면에서 TV 간담회에 나왔던 그 작가의 낯익은 목소리가 또 들렸다.

"자신의 작품에 대한 가장 열렬한 독자는, 그리고 가장 '정확한' 평가를 내릴 수 있는 독자는 바로 자기 자신이다. 만일 자신이 표현하고자 한 것 이상으로 자신의 정신세계를 평가해주는 독자가 있다면, 비록 호도하려는 의도가 없었다 해도 그것을 받아들일 수 없다."

그가 말한 '정확'이라는 과녁에서 나는 눈을 떼지 못했다. 작가의 정신과 영혼이 지향하는 궁극의 세계는 옆 사람과 경쟁해서 닿을 수 있는 땅이 아니라는 의미로 들린다. 작가의 정확한 자기 평가는 오직 절대평가의 잣대로만 계량되는 것이기에, 창작하는 사람은 구조라는 방편에 갇히기를 원하지 않는다. 구조 속에서는 구원을 약속받지 못할 것 같아서다. 홀로 부단히 걸어가는 끝없는 방황의 길이 창작의 길이다.

올림픽 메달리스트는 옆 선수가 얼마나 역량을 발휘하는가로 결정되고, 꼴찌라는 순위는 나의 것이 아니라 타인들이 나보다 앞서 달렸기 때문이다. 사물의 의미를 구조 속에서 파악하는 20세기의 구조주의는, 어쩌면 유한한 시간 속에서 영원이라는 무한에

도전해야 하는 인간이 고안해낸 자구책일 수도 있다는 생각이 든다. 상대평가는 광대무변한 인식세계를 좀 좁혀서 관계라는 구조 속으로 옮겨놓은 작위적 방편이다. 하지만 구조주의를 무너트린 해체주의시대에도 여전히 포기할 수 없는 공리적 도량형이 상대평가의 잣대인 것은 어쩔 수 없다.

앞으로 자신이 생각한 것보다 점수가 덜 나왔다고 문의하는 학생이 있을 때마다 나는 또다시 상대평가의 허구성이 아니라 짐짓 그 합리성을 설명해주어야 한다. 생각과 말이 따로따로 가야 할 일이 세상엔 얼마나 많은가. 자신이 생각했던 것보다 점수가 너무 잘 나왔다고 신고한 학생은 아직 없지만 분명 그렇게 생각한 학생들은 있었을 것이다. 점수가 덜 나왔다고 문의한 학생에게나 똑같이 이런 학생들에게도 평가를 잘못하기는 마찬가지였다. 비록 호도하려는 의도가 내게 없었다 해도.

## 촌스러운 질문

소프라노 정율 스님이 명동성당 제단을 향해 합장의 예를 올린 후 마이크 앞에 섰다. 스님이 찬불가 〈향심向心〉을 부를 때도, 카치니의 〈아베마리아〉를 부를 때도 천여 명 가톨릭 신자들의 박수 소리는 유별났다. 성당에서 열리는 스님의 독창회를 기다리던 사람들이 이렇게 많았구나 싶었다.

한국전쟁이라는 현대사의 비극은 역설적이게도 이 땅에 정신적, 물질적 근대화의 해일을 몰고 왔다. 순식간에 종교의 이름도 다양해지고 종교활동도 나날이 힘이 넘쳤다. 반세기도 훨씬 넘는 세월 동안 우리는 종교와 종교의 이름이 다르다는 이유로 서로를 인정하지 않으려는 편견에 사로잡힐 때도 있었다. 대성당에 울려 퍼지는 우레 같은 박수 소리는 그 안에 있는 모든 사람들이 불교다 천주교다 개신교다 종교의 이름에 매이지 않고 마음의 벽을 허물기로 작정하는 다짐 같아서 듣기에 참 좋았다. 모두 나 같은 마음이었을 것이다. 행사를 끝내고 측문으로 퇴장하는 스님을 추기경님이 문밖에서 기다리다가 감사의 꽃다발도 전했다고 한다.

한국을 방문한 독일의 신학자 한 분과 한국인 진화생물학 교수 한 분이 환하게 웃으며 대화하는 모습을 신문에서 보았다. 두 석학은 신학을 우위에 놓으려 하지도 않았고 과학을 우위에 놓으려 하지도 않았다. 그들은 종교 근본주의와 과학 근본주의가 똑같이 위험한 것이라고 입을 모았다. 결혼할 때의 약속을 지키기 위해서 매주 교회에 출석하며 아내의 운전기사가 되어준다는 한국의 과학자는 교회에 나가긴 해도 아직 기독교인이 되지 못했다고 신학자에게 털어놓았다. 과학과 종교가 서로의 다름을 저토록 존중하는데 종교와 종교는 서로의 닮음을 얼마나 인정해야 할까 하는 생각이 절로 들었다.

요즘 인문학의 분야에 생물학자들이 점점 더 깊이 동참하고 있다는 소식도 반가웠다. "인간의 모든 본성적 조건은 이미 유전자에 내장되어 있기 때문에 인간의 유전자를 바꾸지 않는 한, 인간의 본성적 조건을 더 이상 인문학적 담론의 대상으로 삼는 것은 무의미하다. 과거처럼 인간의 본성을 선과 악, 외향성과 내향성 등으로 이분화하는 것은 더 이상 시대에 맞지도 않고 생산적이지도 않다"는 것이다. 이미 과학, 인문학, 공학, 예술 할 것 없이 모든 분야의 경계를 허물고 그들의 유기적 관계에 몰두하는 존재론적 통찰이 시대를 이끌고 있다.

생각해보면 그 모든 분과들은 우리의 정신 안에 따로따로 칸막이 치고 들어앉아 있어본 적이 없다. 오로지 인식의 방편으로서 대상과 대상을 경계지은 인위적 분리였을 뿐이다. 이제 통섭이라는 용어 자체가 무용할 만큼 모든 학문분과의 경계가 유연해지고 있다. 진화의 초고속에 어리둥절하면서도 올 것이 왔다는 생각이 든다. 갈라지기 전의 본래 모습은 움직여본 적이 없었으니까.

애들도 따라오지 못할 만큼 잰걸음을 늙어서도 고치지 못하고 있으니 한번 넘어졌다 하면 충격이 남들보다 클 수밖에 없다. 입고 있던 면바지의 무릎이 찢어질 만큼 지독하게 넘어지는 순간 오른손 무명지가 결단난 모양이다. 병원에서 사진을 찍어보니 골절은 아니라는데 불편하기 이를 데 없다. 젓가락질이 되지 않는다. 젓가락질하는 데에는 무명지가 가장 할 일이 없는 손가락인 줄 알았는데 유기체 속에서의 역할은 그렇지가 않았다.

한의원을 찾았다. 감기, 어깨통증, 아토피 환자 등 섞여서 순번을 기다리고 있었다. 손과 팔 여기저기 침을 꽂는다. 눈이 하는 일, 귀가 하는 일, 위장이 하는 일 모두 다르지만, 우리 몸은 세포 하나에 이르기까지 얽히고설킨 인연생기因緣生起 속에서만 생명을 유지할 수 있다는 한의학을 서양 의학자들은 '대체의학'이라고 부른다. 서양이 경험한 과학의 세계에서는 최선의 표현이라는 생각이 든다. 과학을 대체할 수 있다면 그보다 최선의 길은 없을 것 같아서다.

종합병원의 전문의에게 진료를 받으면서 가끔 나는 엉뚱하게 질문할 때가 있다. "한약을 먹고 침을 좀 맞아보면 어떨까요?" 진실로 과학자들의 생각을 듣고 도움받고 싶었다. 의사들의 반응은 다양했다. 환자의 엉뚱한 질문에 "괜찮습니다"라고 즉답하던 어느 중년 의사의 진지한 얼굴에서 내가 받았던 위로는 우주 시민으로서의 동류의식 같은 것이었다고 할까. 아무리 과학이 발달해도 인체는 과학의 능력만으로 관리할 수 있는 대상이 아니라는 것을 의사가 인정한 것 같아 지금껏 소중하게 기억되는 장면이다. 인체를 작은 우주로 본다는 한의학이야말로 의학인 동시에 인간 존재의 본질을 다루는 정통의 '인간학'이라는 생각이 들었다. 시작도 끝도 알 수 없는 불가지의 우주. 우리의 몸뿐만 아니라 우리의 정신도 거기에서 태어났다.

스님의 독창회가 열리는 날 성당으로 가면서 나도 모르게 여고 시절 애송했던 시 「승무」가 떠올랐다. "얇은 사 하얀 고깔은 고이 접어서 나비일레라." 그러나 찬불가와 아베마리아를 부르는 정율 스님에게서는 승무의 이미지보다 훨씬 선이 굵은 에너지를 느낄 수 있었다. 노래 부르기 위해 마이크 앞에 선 스님의 머리에는 물론 고깔도 없었고, 한참 고음으로 올라갈 때는 여느 성악가들처럼 팔을 높이 쳐들기도 했다. 넓은 가사의 소맷자락이 어깨 쪽으로 흘러내리면서 스님의 하얀 팔뚝이 자연스럽게 드러나 보였다.

예술의 전당 음악회 무대에서 보았던 예술가들의 의상이 스님의 장삼 위로 겹쳐진다. 어깨끈조차 없는 아슬아슬한 드레스를 입고 무대에 서는 성악가나 연주자를 볼 때마다 촌스런 나는 왜 노래 부르고 악기를 연주하는데 저렇게 어깨와 가슴을 드러내야 할까 의문이 들었었다. 가사장삼의 넓은 소맷자락이 어깨 쪽으로 마음껏 흐르는 것에 괘념하지 않는 스님의 열정을 보며 예술의 전당에서 촌스럽던 관객이 눈을 다시 뜨게 되었다고 할까. 예술을 향한 활연豁然의 몸짓을 읽지 못하고 겉모습에 마음이 쓰였던 촌스러움이었다. 자신이 하늘로부터 받은 재능을 다시 자연으로 되돌리는 영혼의 무한헌신은 아무것으로부터도 방해받을 수 없다. 그것은 유희가 아니라 생명 그 자체인 것이다.

시대의 발걸음에 가속도가 붙은 것도 모르고, 성당에서 스님의 독창회가 열린다는 예고에 잔뜩 상기되었던 촌스러움도 씻은 듯이 날려보낸 하루였다.

# 화계사 가는 길

북한산 기슭의 수유리 누옥에서 멀지 않은 곳에 화계사가 있다. 『하버드에서 화계사까지』로 꽤 알려진 미국인 현각 스님이 머물던 사찰이다.

예일과 하버드에서 그리고 독일의 프라이부르크대학에서 철학과 종교철학을 공부한 폴 뮨젠이라는 미국 청년은 스스로 고백하듯, 진리를 밖에서 찾는 일에 실패했다. 철학이라는 학문 속에 갇혀 있는 죽은 진리는 그에게 생명을 불어넣지 못했다. 독일에서 다시 하버드로 돌아와 숭산 스님을 만나면서 그는 살아 있는, 살아서 걸어다니는 진리를 만났다고 술회했다. 1970년대부터 미국에서는 이미 숭산 스님의 법문이 파란 눈의 젊은이들을 매혹시키고 있었다.

청년 폴은 이제 속세의 철학도가 아니라 출가수행자 현각 스님이 되었다. 한국의 부모 중에도 자식이 출가수도자가 되는 것을 반색할 부모는 많지 않을 것이다. 가톨릭 집안에서 성장한 폴은 부모님께 스님이 되겠다는 결심을 알리는 편지를 쓸 때, 부모님의 가슴을 칼로 찌르는 것 같이 몹시 고통스러웠다고 회고했다. 마침내 고통은 헛되지 않아서 그의 부모님은 아들을 이해하게 되었고 불교를 알게 되었다. 스님은 특히 불교의 진리에 깊숙이 입문하게 된 어머니를 퍽 자랑스러워했다.

현각 스님이 감사하는 사람은 또 있었다. 큰 스승인 숭산 스님을 만나게 되기까지 자신의 삶을 진리로 이끌어준 예수그리스도께 감사한다고 했다. 스님의 열린 종교관이 신선하게 느껴지는 것은 주위에서 종교의 이름에 걸려 넘어지는 사람들을 적지 아니 보아왔기 때문이다.

어느 해 스페인 여행 때 남쪽 안달루시아 지방에 있는 코르도바의 가톨릭 대성당에 들렀었다. 성당 내부가 마치 여러 종교가 모인 종교박물관 같았다. 촘촘히 세워진 그리스 로마시대의 배흘림 기둥들이 고색창연한 성당의 중심부 천장을 떠받치고 있었다. 이슬람의 아라베스크 문양이 새겨진 벽면이 있는가 하면 다른 한쪽 벽은 가톨릭 양식의 정교한 조형들로 가득했다. 스페인 역사 속에 있었던 종교전쟁의 퇴적층들이었다.

오늘날 국민의 90퍼센트가 가톨릭 신자인 스페인의 성당이 고대 그리스 로마에서부터 이슬람 양식의 흔적까지 고스란히 보존하고 있는 것이 일견 경이로우면서도 의아하게 느껴졌다. 문화의 영역과 종교의 영역을 분별하는 스페인 사람들의 합리적 의식구조를 알아차리게 된 것은, 남쪽 땅끝 도시 그라나다에 이르러서였다. 지중해의 햇살이 찬란한 이 도시에는 이슬람 점령시대에 지었다는 알함브라 성과 왕궁이 있다. 궁 안으로 들어서니 이슬람문화재를 복원하는 공사가 한창이다.

가톨릭국가인 스페인이 정치적으로는 침략자요 종교적으로는 이단이었던 이슬람의 옛 왕궁을 국민의 세금으로 그토록 정교하게 복원하는 모습이 존경스럽기까지 했다. 비용이 너무 많이 들어 한꺼번에 못하고 해마다 한쪽 벽, 한쪽 기둥을 복원해가고 있다고 했다.

몇 해 전 아프가니스탄의 탈레반정권이 거대한 간다라 불상을 우상숭배의 흔적이라며 폭파해버릴 때, 온 세계인이 얼마나 가슴 아파했던가. 탈레반들도 스페인 사람들처럼 남의 종교를 종교로서가 아니라 그냥 문화로 받아들이기만 했어도 인류문화가 그토록 참혹하게 모욕당하지는 않았을 것이다. 남의 종교가 아니라 다만 남의 문화를 아낀다는 이유로 내가 믿는 신이 노할 리야 없지 않은가.

한국 땅에선 역사에 기록될 만한 종교전쟁은 없었다고 하지만 불과 반세기 전까지만 해도 종교의 이름이 서로 다른 이웃을 마치 신으로부터 버림받은 낙오자로 바라보며 자신이 속해 있는 종교로 개종시키려고 물불을 가리지 않던 때가 있었다. 생각해보면 그

와중에도 이 땅의 많은 종교지도자들이 마음의 문을 활짝 열고 서로 대화하며 타 종교의 지성소도 거룩한 곳임을 신자들에게 깨우쳐준 용기와 지혜는 우리 모두에게 축복이었다.

그들 성직자 중에는 남의 종교를 종교로서 존중한 대가로 핍박받고 파문당한 분도 있었음을 아직도 우리는 생생하게 기억하고 있다. 병들고 굶주리는 인도의 힌두교인들을 돌보면서 단 한번도 가톨릭으로의 개종을 권한 적이 없었던 성녀 테레사 수녀의 존재가 그 무렵 한국인들에게 갖는 의미는 남달랐었다. 계절이 허락하지 않으면 꽃이 필 수 없음이었던가. 지하철 안의 조용한 분위기를 깨트리며 자신의 신앙을 상품처럼 선전하던 막무가내 소음도 언제부터인가 잦아들기 시작했다.

어느 해 성탄절이었다. 수유동성당의 현관에 들어서니 단아한 난蘭 화분이 시선을 끈다. 화계사 주지 스님이 보낸 축하 화분이었다. "예수님 오신 날을 축하합니다." 몇 달 후 화계사 가는 길에 현수막이 펄럭였다. "부처님 오신 날을 축하합니다." 수유동성당에서 화답한 석가탄신일 축하 현수막이었다. 현수막 아래를 걸어가는 행인의 발걸음이 사뿐사뿐 가볍던 기억이 새롭다.

종교 간의 소통은 거리의 현수막에 머물지 않고 점차 단란한 안방으로 옮겨지기 시작했다. 디지털문화의 급성장이 힘을 보탰을 것이다. 가톨릭방송의 채널에서 난데없이 불교음악과 승무의 춤사위가 화면을 가득 채우고 있다. 한눈에 봐도 방송사의 예술공연은 아니었다. 불교의 정통 전례가 제대로 거행되고 있기에 혹시 방송 채널이 헷갈렸나 싶어 돌려봤다. 잘못 누른 것이 아니었다. 이어지는 자막을 보고서야 의문이 풀렸다. 석가탄신일을 축하하기 위해 가톨릭방송이 마련한 불교 특집 방송이었다. 생명과 생명이 상생하는 화합의 향연이었다.

가톨릭국가인 스페인 사람들이 역사 속의 이슬람문화를 보존하는 손길은 단지 문화국민의 성숙을 의미한다. 문화는 지성에 관여하지만 영혼을 움직일 수는 없다. 가톨릭방송에서 공연되던 불교 특집방송을 보면서 훈훈해지던 마음은 그냥 행복이었다.

# 그가 한국사람 된 까닭은

꽤 오랜 세월이 지났는데도 한국 사람들의 마음에서 지워지지 않는 기억이 있다. 2007년 4월 미국 버지니아공대에서 세계를 경악케 한 무차별 총기난사사고가 터졌었다. 교수를 포함해서 33명이 희생된 참사의 주인공이 하필이면 이 학교에 재학 중인 한국인 교포2세 학생이었다. 뉴스를 접한 모든 한국인의 가슴은 충격과 함께 자책, 자괴, 미안 등 복잡한 감정으로 뒤범벅이 되었었다.

여러 루트를 통해서 미안하고 죄스런 마음을 미국인들에게 전달하며 모금을 통해 조문의 촛값을 보내기도 했다. 한국인의 이런 집단적 반응에 대하여 미국인들은 눈이 휘둥그레질 정도로 당혹스러워했다. 미국의 대학생 아무개 개인이 저지른 일이며, 책임이 있다면 그토록 엄청난 일을 저지를 때까지 그를 돕지 못한 주위 환경, 미국이라는 사회 전체에 있다는 것이다. 그가 여덟 살 때 떠난 한국 땅에 살고 있는 한국인들이 왜 그토록 이 문제에 미안해하느냐는 것이었다. 미국인들의 반문이 합리적인 것 같으면서도 마음으로는 여전히 미안했다.

우리의 미안해하는 마음이 미국인들에게 뜻밖이었다면, 미국인들의 그 반응이 우리에겐 또 뜻밖이었다. 사고가 일어난 후 얼마 안 되어 미국인 현각 스님이 어느 사찰의 법회에서 이렇게 말했다. "아무개 씨 총기사건으로 지난 일주일 동안 미국과 한국 국민들은 충격에 휩싸였습니다. 저는 한국에서 보여준 희생자에 대한 애도 물결에 참으로 깊은 감명을 받았습니다. 오늘 고백하건대 사실 저는 지난 15년 동안 한국에 살면서 미국 사람입니까, 한국 사람입니까라는 질문에 대한 답을 피해왔습니다. 저로서는 대답하기 난감한 물음이 아닐 수 없었습니다. 그러나 저는 지금 여러분 앞에서 분명하게 그 답을 할 수 있습니다. 저는 한국 사람입니다." 스님은 이듬해에 법적으로도 한국 국적을 취득했다.

미국은 불과 이백여 년 전에 세워진 다민족국가다. 한국인은 역사이든 신화이든 어쨌든 오천 년 전의 환웅桓雄과 웅녀熊女 사이에서 태어난 한 핏줄의 배달민족이다. 바다 건너 다른 땅에 살고 있어도 핏줄이 달라지지는 않는다. 한국교포의 총기난사사건은 한국에 살건 미국에 살건 한국인 모두의 무의식 밑바닥에 깔려 있는 집합주의를 불러내는 계기가 되었다. 그것은 원죄의식 같은 추상이 아니라 몸속 세포를 멍들게 하는 생명의 아픔이었다. 집합주의는 가족의 범위를 넘어서 혈연적 친족으로까지 결집력이 확산

되는 자연현상을 의미한다. IMF 경제위기 때 보여준 금 모으기나 월드컵 경기에서 보여준 '붉은 악마'의 함성도 집합주의의 표출이었음은 물론이다.

집합주의는 구성원의 집합 범위를 의미할 뿐 배타적 국수주의와는 발원發源이 다르다. 집합주의 문화의 근저에는 내 아버지를 먼저 구한 다음, 남의 아버지를 구하는 것이 자연의 도리라는 유가儒家의 친친親親사상이 강하게 깔려 있다. 서양의 어느 역사학자는 "한국의 대가족제도야말로 세계를 향한 수출품"이라고 말한 적이 있다. 통계를 보니 지금은 한국도 조부모와 한 지붕 밑에 사는 3세대 가정은 5퍼센트에도 미치지 못한다. 한국인의 의식주 생활방식은 서구 사람들보다 더 서구적으로 변해가고 있다.

그러나 겉으로 나타난 생활문화가 보이지 않는 가족문화의 뿌리까지를 바꾸지는 못한다. 도구문화는 한순간에 성형수술하듯 바꿀 수 있지만, 정신문화의 변이는 몸속의 DNA를 바꾸는 일과 다르지 않다. 초고속으로 달려온 한국의 핵가족 주거문화는 조금만 들어가보면 뿌리 깊은 대가족문화의 이형異形일 뿐 변형은 아니라는 생각을 떨쳐낼 수 없다.

오래 전 유럽에 머물 때였다. 중년의 주인 가족은 아래층에 살고, 노부모세대는 위층에 살고 있는 집에 방 한칸을 세 얻어 살았었다. 한 지붕 밑에 살고 있는 부모 자식 세대가, 옆집에 살고 있는 이웃과 크게 다르지 않게 무심하고 편하게 생활하는 주거문화가 무척 낯설었다. 의식주 모든 영역에서 부모세대나 자식세대나 피차 부담감 없이 자연스럽게 살아가는 일상성이 아무리 보아도 나에겐 계속 낯설었다.

우리라면 마음 불편할 때가 많아 차라리 다른 주거공간을 선택할 것 같아서였다. 국이 식지 않을 만한 지근의 거리에 살면서 두 개의 지붕을 선택하는 한국인의 속마음을 한국인은 안다. 분가하는 이삿짐 속에는 혈연주의, 집합주의의 보따리가 함께 실려가고 있는 것이다. 명절. 제사, 부모님의 생신 등 집안 대소사가 여전히 집합주의의 한 마당 안에서 펼쳐지는 가족문화는 변함없이 이어지고 있다.

여고 동창생이 남편과 함께 미국에 살고 있는 아들네를 방문했다가, 평소 지병을 갖고 있던 남편의 건강에 문제가 생겼다. 객지에서 남편과 이별할 수밖에 없었던 친구에게 그나마 위로가 있었다면 환자를 위해서 최선을 다 할 수 있었다는 것이다. 그곳에 건강보험이 있었을 리 없다. 병원비가 비싸기로 유명한 미국이, 환자의 지불 능력을 묻지 않고 여행자 한 사람의 생명을 구하기 위해 베푼 인간애가 감동적이었다.

여행할 때의 주소지였던 아들네 집으로 나중에 날아온 의료수가 명세를 받아보니, 작은 병원에서 큰 병원으로 이송하는 헬리콥터 비용만 우리 돈 2천만 원이 넘었고, 입원 치료비 총액은 3억 원 가까웠다고 했다. 자국민도 아닌 외국인 여행자 한 사람의 생명에 쏟아부은 그들의 조건 없는 보살핌을 친구로부터 전해 듣는 순간, 여러 민족이 모여 사는 미합중국의 면모가 새삼 거인답게 느껴졌다.

한반도의 혈연주의로부터 출발한 인仁의 마음이 광활한 아메리카 대륙에서 만인에 대한 인류애가 되어 돌아온 느낌이다. 미국 스님은 한국의 혈연주의에 감동해서 한국인이 되었고, 한국의 여행자는 드넓은 아메리카 대륙의 박애주의를 잊지 못한다. 우리가 알지 못하는 우주적 도道의 세계에는 인간의 심금을 울리는 그 이상의 무엇이 있을지 우리는 알지 못할 뿐이다.

## 제4장

# 데자뷰의 반역

# 데자뷰의 반역

녹차 한 잔 즐기는 마음의 여유가 고마울 때가 있다.

하얀 백자 찻잔에 차를 따르니 녹차 향이 혀끝에 닿기 전에 눈으로 만나는 녹차 색깔이 나를 반하게 한다. 노랑도 녹색도 아닌 담황의 찻빛은 백자 찻잔이 아니면 즐길 수 없다. 어쩌다 청자 찻잔으로 멋을 부려보다가도 이내 실망하고 백자로 바꾼다.

청자 찻잔에 녹차를 따르면 아무 색도 아니다. 애매하고 모호한 찻색에 덩달아 녹차 맛도 밋밋해진다. 백자에 익숙한 나는 청자 찻잔의 향기를 번번이 밀어낸다. 속살이 하얀 찻잔으로만 차를 마시는 일이 단조로울 때도 있으련만, 한 가지 녹차의 색깔에 길들여진 나는 백자의 차향을 놓지 못한다.

여행마니아가 아니더라도 백두산 천지天池를 다녀온 사람은 많다. 백두산 답사 경험을 들을 때마다 가본 적 없는 천지 이미지가 내 안에 채곡채곡 쌓여갔다. 우연히 중국 연변의 용정에서 열린 항일시인 심연수의 시비 제막식에 따라나선 덕분에 운 좋게도 백두산 관광에 성공했다. 말로만 듣던 천지 앞에 처음 선 나는 무덤덤한 느낌에 스스로 의아했다. 몇 해 전 캐나다의 로키 산속에서 루이스 호수를 처음 만났을 때가 생각났다. 호수의 전경全景이 시야에 들어오자 자연의 신비로움이 전류처럼 몸속으로 흘러들었다. 떠나오기 전 루이스 호수에 대해서 들은 바도 없고 사진을 본 기억도 없었다. 호수와의 만남은 갓 태어난 내 아이를 처음 만날 때와 같은 경이로움을 안겨주었다.

천지 앞에서 자연과의 교감을 방해하는 무언가가 있을 것만 같았다. 내 안에 자리잡고 있는 백두산 천지는 자연이기 이전에 교과서 속에 갇힌 역사의 단면이었나보다. 처음 보는 백두산 천지건만 낯설지 않다. 눈 앞에 펼쳐지는 천지 수면 위에서 평소에 듣던 영산의 정기가 뿜어나오기를 기대했지만 이미 내 속에 그려져 있는 백두산의 밑그림은 꼼짝하지 않는다. 내가 스스로 보는 것이 아니라 역사의 눈을 빌려서, 그리고 많은 사람들의 답사기를 통해서 보고 있었던가. 육안으로 본 적 없는 상상 속의 기시감만으로도 이렇게 직관을 방해받을 수 있구나 싶었다. '마음을 비우지 않으면 보아도 보이지 않는다'는 심학의 울타리는 대체 어디까지 뻗어 있는 것일까.

올라갔던 지프차로 옛 대관령 길보다 좁고 꼬불거리는 백두산 하산 길에 올랐다. 생각보다 부드러운 산세를 눈에 익히려고 두리번거리다가 흘러내리는 안경을 고쳐 쓰느라 위로 올리는 순간 갑자기 벼락같은 빛을 느꼈다. 쓰고 있는 안경이 색안경임을 깨우쳐 주는 강한 햇빛이었다. 조금 전 나는 색안경을 쓴 채 천지를 보았으니 천지의 물빛을 제대로 본 게 아니었다. 순간 아쉬운 마음이 일렁였지만 이내 마음을 달랬다. 어차피 천지와 나 사이에는 역사적 이미지라는 색안경이 있었지 않은가. 그뿐인가. 천지 상공에서 시시각각으로 모였다 흩어지는 구름도 나의 색안경만큼이나 물빛을 바꾸어 놓았을 터다.

녹차 한 잔의 행복에서 깨어나 빨래를 널기 위해서 2층 베란다로 올라갔다. 상념은 그대로 나를 따라온 모양이다. 아래를 내려다보니 참으로 희한하다. 집 앞에 세워둔 우리 집 소형 자동차의 지붕이 작은 버스의 지붕만큼이나 길쭉하다. 숫제 커다란 널판지 같다. 땅 위에서 보던 작은 자동차가 아니다. 불과 3~4미터 높이의 2층에서 자동차를 내려다보니 정말 내 눈은 믿을 것이 못 된다는 생각이 들었다.

내가 만일 지금 저 자동차를 그린다면 널판지 이외에 무엇을 그릴 수 있단 말인가. 누가 그린다 해도 자신의 시야에 포착된 부분만 그릴 뿐, 자동차의 앞쪽, 옆쪽, 그리고 윗면을 동시적으로 그릴 수는 없는 법. 그 어느 쪽에서 그려도 자동차의 실상實相을 고스란히 담아내지는 못한다. 차라리 그리지 않는 편이 자동차를 왜곡하지 않는 길이지만 한쪽 면의 그림그리기를 포기하는 무위無爲는 아무나 할 수 있는 일이 아니다.

누군가가 피카소에게 나이 들수록 밝고 다양한 색을 사용하는 연유를 물었다. “화가가 색을 발견하는 데에는 시간이 걸리는 법”이라고 피카소는 대답했다지만 화가가 아닌 나는 영원히 그 색을 발견할 수 없을 것임을 스스로 예견하고 있다. 다양한 색의 찻잔으로 녹차를 즐기지 못하는 낯가림은 다도茶道에서만 실격이 아님도 알고 있다. 얼마나 세월이 더 흘러야 나는 청자 찻잔에서도 백자 찻잔에서나 마찬가지로 조응照應의 파장을 예찬할 수 있으려는지.

그림에 문외한인 나 같은 사람도 천재 화가 피카소의 그림에서 위로받을 때가 있다. 한 장의 평면에 다양한 사물의 복합 구조를 동시에 표현하는 큐비즘은 예술의 시대적 경향이 아니라, 중생의 무명을 흔들어 깨우는 죽비 같아서다.

# 태양도 슬픔이 될 수 있는 땅

땅에는 본시 길이 없었다. 하물며 사막 위에랴. 유럽과 아시아를 이어주던 지구 위의 1번도로 비단길. 꿈에도 그리던 실크로드를 밟게 되었다.

실크로드를 한번 밟아보고 싶은 꿈은 무릉도원을 거닐고 싶은 은둔자의 염원이 아니었다. 사막의 실크로드 위엔 신선의 발자국이 없다는 것쯤은 알고 있었다. 그저 낙타를 탄 대상隊商들이 외줄로 서서 터벅터벅 사막을 걷는 실루엣을 영상에서 볼 적마다 그곳은 내가 떠나온 본향이듯 까닭 모를 그리움에 몸살을 앓았다. '거리감'에서 오는 원형의 향수였을 것이다.

중국의 서안을 출발하여 타클라마칸 사막을 거쳐 로마까지 다녀오는데 십수 년이 걸렸다면, 그 길은 나그네가 잠시 나선 여로가 아니었다. 대상들이 달을 거듭하고 해를 거듭하며 낙타 등에서 세월을, 아니 인생을 보내던 고난의 길이었다. 인간의 수명이 지금보다 훨씬 짧던 시절, 사막의 혹독한 악천후에 자신의 삶을 통째로 맡겨버린 그들의 기나긴 낙타 행렬에는 어찌 비단과 보석만 실려 오갔으랴. 화약도 마약도 오갔으련만 고달팠던 그들의 삶을 이름으로나마 위로해주려고 훗날 사가史家들이 붙여준 예쁜 이름인가. 예쁜 이름이 없었다 해도 나의 그리움과 호기심이 채곡채곡 그 길 위에 쌓이기는 마찬가지였을 것이지만.

오롯한 실크로드의 역사와 만남이 이루어진 것은 옥문관玉門關 앞에서였다. 돈황에서 서북쪽으로 90킬로미터 떨어진 사막 벌판에 덩그러니 버려진 흙벽돌 건물의 잔해 옥문관. 한漢나라 때 서역으로 가던 중국의 땅끝이었고, 중국으로 들어오던 첫 관문이었다. 물품교역을 위한 세관이요 국경을 넘나들던 출입국 관리소였다. 교역물품 중에는 옥이 가장 많아서 옥문관이라는 이름을 얻었다는데 실크로드의 옥문관, 이름에서 느끼던 낭만은 그곳에 없었다.

옥문관의 잔해 옆에는 한나라 때 쌓았다는 장성長城의 유적이 역력했다. 만리장성의 서쪽 끝은 가욕관이 아니라 이곳 옥문관의 한장성까지 이어지므로, 정확히 '만이천리장성'이라고 했다. 오늘날 복원된 가욕관의 위용에 비하면 옥문관은 초라하기 그지없는 흙더미인 채로 버려져 있었다. 로마 광장에 앙상하게 남은 대리석 돌기둥들보다 옥문관 흙더미가 왜 이리 황량한 걸까. 도시의 유적보다, 인적 없는 폐허 위의 잔해들 앞에 서면 언제나 더 마음이 허허롭다. 아무리 둘러봐도 하늘과 지평선이 맞닿은 우주뿐이다.

그 옛날 옥문관은 얼마나 활기 넘치는 관문이었을까. 동서양에서 모여든 이방異邦의 대상들로 시끌벅적했을 광장의 모습을 상상해낼 수 없다. 그 화려했던 땅 위에 쥐 죽은 듯 고요한 적막이 무겁게 깔려 있다. 사막을 내리쬐는 이글거리는 태양도 슬픔이 될 수 있다는 걸 처음 알았다. 하늘과 땅 사이 우주 공간에 관광객이라곤 우리 일행뿐이었다. 삼삼오오 유적지를 걸으며 나누는 우리의 언어도 침묵하는 사막을 닮아가고 있었다. 옥문관 옆 장성의 잔해 옆에서 뜻밖의 역사를 만나면서 더욱 그랬다.

한나라 무제武帝는 이 서역의 변방에 한사군을 설치하고 국경을 지켰다. 봉화불의 땔감으로는 사막에서도 자랄 수 있는 키 작은 홍유나무뿐이었다. 병사들은 날이면 날마다 한 줌씩 홍유나무를 긁어모았을 것이다. 한 치 앞을 모른다는 인간의 삶이 전선戰線에서처럼 엄중한 곳이 또 있을까. 어느 날 졸지에 흉노족의 침략을 받은 한나라 병사들은 혼비백산 퇴각하는 긴박한 순간을 맞는다. 내일의 봉화를 위해서 쌓아둔 홍유나무더미를 뒤로 한 채.

봉화의 땔감이 되어 자신의 몸을 태워 없애지 못한 나무더미는 사막에서 홀로 영겁 같은 세월을 견디는 동안 서서히 굳어져 나무 미라가 되었다. 아무것도 부패할 수 없는 사막의 건조한 기후가 빚어낸 이 흔적을 사람들은 '홍유석石'이라고 부른다. 거대한 책장冊張을 연상케 하는 화석의 갈피 속에서, 도주한 패잔병들의 말발굽 소리를 듣는다. 그래도 도주는 살아 있는 자만이 할 수 있는 선택이었다. 꼼짝없이 제 자리에서 화석이 되어버린 홍유석의 몸통 앞에 서니, 이곳에 오기 전 들렀던 우루무치 박물관의 미라가 떠오른다.

신강성의 성도省都 우루무치 국립박물관에는 광활한 타클라마칸 사막 곳곳에서 발굴된 미라들이 가득했다. 마치 미라 전시장 같은 박물관이었다. 그 주검들은 이집트의 파라오들이 아니었다. 육체의 영생을 소망해본 적 없는 평범한 주검들이다. 이승을 떠나 저승으로 옮겨가는 자연의 순환에 조금도 저항하지 않은 보통 사람들이었다. 다만 사막의 건조한 기후 탓에 자연으로 돌아가지 못한 육신들이다. 꽤나 거구인 어느 남자 주검의 배 위에는 손바닥만 한 배냇저고리가 앙증맞게 놓여 있다. 자연 중의 자연인 인간의 육체가 썩지 못하는 사막이라면 무명옷 배냇저고리인들 썩을 수 있겠는가. 배냇저고리를 몸에 지닌 채, 태어난 자연으로 되돌아가고 싶던 주검들의 간절한 소망을 사막은 거부하고 말았다.

망자들은 자신의 주검을 흙이 받아들여서 너그럽게 감싸 흔적 없게 해주기를 얼마나 바랐을까. 그들의 얼굴 표정을 보면서 나는 더욱 그런 생각을 했다. 표정이 미라마다 다르다. 그들은 죽은 것이 아니라 이승을 떠나던 마지막 순간을 지금껏 살아오고 있는 미완의 나그네들이다. 꽤 유명한 장수將帥도 있고 이름 없는 아낙도 있었다. 장군의 얼굴이 아낙의 얼굴보다 조금도 늠름해보이지 않았다. 마음을 갈고 닦는 것도, 표정을 관리하는 것도 숨 거두기 전의 일이다. 누구나 자신의 완성되지 않은 마지막 모습을 아무에게도 보이고 싶지 않지만 그것을 감출 수 있는 사람도 없다.

여행 끝날의 일정은 드디어 이번 여행의 정점인 돈황의 막고굴이었다. 사막의 모래 더미 속에 수백 년 동안 묻혀 있었다는 돈황의 막고굴은 대체 어떻게 생긴 땅일까 궁금하기 이를 데 없었다. 떠나기 전 상상했던 단순한 모래 속의 혼돈이 아니었다. 명사산 끝자락에 벌집처럼 파놓은 이 숱한 막고굴이 없었다면 실크로드는 한낱 동서양의 인류가 먹고살기 위해 넘나들던 생존의 여로였을 뿐이다. 굴속에 새겨넣고 그려놓은 수많은 부처 앞에 선다. 부처를 닮고 싶어 혼신을 불사르던 구도자들의 발심發心이 작은 굴속마다 팽팽하게 차오른다. 생존을 뛰어넘는 실존에의 향수는 그때나 지금이나 나그네들의 영혼을 놓아주지 않는 영원한 창조의 비밀이다.

헤아릴 수 없이 많은 막고굴들을 답사하고 맨 끝 칸을 빠져나오는데, 눈부신 햇빛에 몸과 마음이 하얗게 주눅든다. 사막의 태양빛이 유난히 강렬해서만은 아니었을 것이다.

## 경박한 여행자

아메리카 땅을 발견한 콜럼버스의 여행에서부터 김삿갓의 방랑여행에 이르기까지 우리는 수없이 많은 인류의 여행을 알고 있다. 진실로 한 여행자의 삶을 바꾸어놓고 급기야 한 시대의 이름까지 바꾸어놓은 여행을 나는 괴테가 쓴『이탈리아 여행』에서 보았다.

이탈리아를 여행하고 싶은 괴테의 소망이 얼마나 간절했으면 "나의 유일한 소망은 어떤 대가를 치르더라도 이탈리아를 한번 여행하는 일이다. 그렇게만 된다면 익시온(제우스의 노여움을 사서 불수레에 끌려가는 그리스신화의 인물)처럼 바퀴에 매달려 로마로 끌려간다 해도 한마디의 불평도 하지 않겠다"고 했을까. 당시 문화적 최상류층에서 지위와 부를 모두 갖춘 괴테가 이처럼 간절하게 이탈리아 여행을 염원한 걸 보면, 인접국 이탈리아가 당시 독일에서 얼마나 먼 나라였는지 짐작할 수 있었다.

괴테의 나이 38세 때, 그러니까 1786년 드디어 그처럼 애타게 소망하던 이탈리아 여행이 이루어진다. 괴테가 독일 땅을 떠나던 때의 독일 사회는 어수선하기 짝이 없었다. 시대를 짓누르고 있던 도덕성과 합리성에 식상한 젊은이들이 모든 전통적인 것에 반항하며 격정을 불태우던 '질풍노도'의 시대였다. 이 시대를 가장 잘 표현해주는 대표작이 저 유명한 괴테의 『젊은 베르테르의 슬픔』이다. 괴테는 10여 년 동안 바이마르에서 국가의 관직을 맡고 있는 동안, 구속의 사슬을 끊을 수 있는 기회를 은밀히 찾고 있었다. 드디어 조용히 독일을 탈출하여 이탈리아로 향한다. 이 탈출은 훗날 독일문학사의 흐름 속에서 시대의 명칭을 바꾸는 분수령이 되기도 한다.

로마에 도착한 괴테는 숱한 유적들을 만나면서 그 놀라움과 기쁨을 이렇게 담아냈다. "로마에 와보니 지금까지 가지고 있던 개념들은 마치 어릴 적에 신던 신발 같다는 생각이 든다. 나를 내부로부터 개조하여 다시 태어나게 하는 작용이 계속되고 있다. 나 자신을 부정할 수밖에 없을수록 더욱 즐겁다." 괴테는 미켈란젤로의 작품들을 만나면서 작품의 눈높이대로 자신이 고양되고 있음을 고백한 것이다. 자기 부정의 순간이 어찌 괴테에게만 있을까. 우리네 보통 사람도 어제까지의 삶을 몽땅 없었던 것으로 지워버리고 다시 시작하고 싶은 도주의 충동 같은 것을 느낄 때가 수도 없이 많다. 하지만 괴테가 로마에서 체험한 자기 부정은 이런 절망과 탄식의 자기 도피가 아니라 전광처럼 번득이는 환희와 놀라움으로 거듭나는 자기 발견이었을 것이다.

특히 시스티나 성당의 천장에 그려진 미켈란젤로의 〈천지창조〉를 올려다보던 괴테는 "자연조차도 이 거장만큼의 취향을 갖지 못할 것 같다"고 감탄했다. 자연이란 말이 품고 있는 절대적 완전성을 괴테가 모를 리 없건만 작품에서 받은 '창조'의 영감이 얼마나 감동적이었으면, 천지를 창조한 창조주의 취향보다 이 거장의 취향을 더 우위에 놓고 싶었을까. 자연의 세계는 언제나 인간보다 품위있게 마련이다. 아니 품위있는 그 세계를 우리는 자연이라고 부르는 것이리. 자연이 인간의 영혼을 거쳐서 나오면 예술이 된다고 했다. 예술가의 궁극적 소망은 자연과 하나가 되는 것이겠지만 예술가의 노력과 재능이 아무리 탁월하다 해도 결코 인간의 작품이 자연과 같아지는 일은 일어나지 않을 것이다. 신이 인간에게 자신의 자리를 내어주겠는가.

여행에서 돌아온 괴테는 자신이 이탈리아로 떠나기 전에 독일 땅에서 품고 있던 반 시대정신은 기껏해야 시대상황에 대한 반동反動이었음을 깨닫는다. 인간이 추구해야 할 더 높고 더 넓은 본질의 세계에서 바라보면 한 시대의 시대정신이란 아주 작은 부분임을 알게 된다. 그의 가슴속엔 이제 질풍노도의 파토스 대신 자연을 향한 에토스의 새로운 세계가 열리고 있었다. 괴테가 이탈리아 여행에서 돌아온 이후를 '독일고전주의'라고 부를 만큼 괴테는 다시 태어났고 그의 시대는 새로운 이름을 갖게 되었다.

당시 로마를 대충 보고 떠나는 경박한 여행자를 보고 괴테는 적지 아니 놀랐다고 썼다. 오래 전 로마를 잠깐 볼 수 있었던 나도 경박한 여행자였음은 말할 것도 없다. 지금이야 아시아 끝에 있는 한국의 보통 사람도 매일같이 수도 없이 떠나는 로마관광이다. 10시간 남짓이면 로마를 이웃집처럼 드나들 수 있는 오늘의 우리가 천신만고를 각오하고 마차여행을 감행한 그 옛날의 괴테만큼 로마에서 많은 것을 볼 수 없음을 어찌하랴. 로마가 하루 아침에 이루어진 것이 아니듯 경박한 여행자도 하루 아침에 로마에서 생기는 것이 아니리라. 내가 살고 있는 이 탯자리도 로마보다는 좀 더 오래 머무를 수 있는 여행지일 따름이다. 하필 로마 땅에만 경박한 여행자가 따로 있겠는가.

한 시대의 시대정신은 고사하고 고작해야 하루하루의 반복되는 일상사 속에서 상처받고 근심하는 우리네의 삶에도 구원의 여행은 있을 것인가. 무엇을 위하여 어디로 떠나는 순례인지 생각할 것도 없이 여행이라면 무턱대고 떠나고 보려는 나의 여행 탐식증은 이런저런 일상사에 부딪쳐 꿈이 부서질 때가 허다하다. 떠나는 것이 능사가 아님을 어찌 모르랴. 괴테가 미켈란젤로의 작품 앞에서 체험한 돈오頓悟의 순간을 욕심내지도 않는다.

그래도 "떠나야지, 떠나야지"를 수도 없이 되뇌이며 살고 있다. 자기 자신을 만나려면 어디로든 떠나야 한다. 여행 중 만나는 새로운 세계만이 어제까지의 나를 결별하도록 도와준다. 가족들이 들으면 섭섭하겠지만 나는 여행을 마치고 공항에 도착하는 순간 되짚어 또 다른 여행을 시작할 수만 있다면 포기하지 않고 떠날 것 같다.

여행의 축복은 길 위에만 있지 않다. 여행에서 집으로 돌아오는 순간 모든 옛 것이 새롭다. 집 앞 골목길이 낯설다. 벽에 걸린 그림도 부엌의 식탁도 모두 옛 것이 아니다. 떠나기 전 익숙했던 일상이 베일을 벗는 순간이다. 존재 회복의 경이로움이다. 경박한 여행자로 귀가할망정 떠나고 볼 일이다.

# 각광 그리고 상실

여고를 졸업하던 날 소녀들에겐 사람의 환갑이란 나이가 얼마나 영겁으로 느껴졌던가. 졸업 당시 300여 명이던 동기생 중에서 오늘날 100명 이상이 해외에 거주하고 있으니 특히 미주지역에 살고 있는 많은 친구들이 회갑 때는 해외에서 한번 총동창회를 갖기를 희망했다. 때가 되어 소망이 이루어졌다. 아쉽게도 불과 열흘 일정으로 만족해야 했던 꿈같은 여행이었지만.

로키산 속을 달리면서, 그리고 나이아가라의 물보라를 맞으면서 내년 여름엔 가족들과 함께 이곳을 꼭 다시 한번 찾으리라고 내심 다짐하고 돌아왔다. 자연과의 교감에서 위대한 창조주의 숨결을 들을 수 있는 귀는 나보다는 가족들에게 더 열려 있기에 더욱 그랬다. 그 다짐이 이듬해 나의 특별한 수고 없이 저절로 이루어졌으니 이런 것을 두고 시절인연時節因緣이라고 하는가보다. 캐나다에 유학 중인 조카가 그곳에서 결혼식을 올리게 되었으니 뿡도 따고 님도 보게 된 것이다. 오라버니와 남편을 비롯한 15명 가족이 함께 나선 대가족 나들이였다.

나이아가라에 모여든 관광객들은 폭포를 조금이라도 가까운 곳에서 보려고 비닐 우비를 걸치고 폭포 앞으로 다가가지만 물보라가 문제가 아니다. 하늘이 통째로 내려앉는 것 같은 폭포의 수압에 밀려 강물은 이미 수십 미터 앞에서부터 배를 요동치게 한다. 배 안에 있는 사람들은 마치 다람쥐가 잠자는 사자 주위를 돌며 사자를 만져보고 싶어 안달하지만 끝내 가까이 가기를 포기하고 마는 것처럼, 절대로 폭포에 손을 대보지 못하고 회항해야 한다. 회항하는 배 안에서 건너편 미국 쪽 강둑을 바라보니 영락없는 하얀 백합꽃밭이다. 폭포 소리에 묻어나오는 갈매기들의 울음소리가 아니었더라면 꽃인지 갈매기인지 구별할 수 없을 뻔했다.

헤아릴 수 없이 많은 갈매기들이 꽈악꽈악 울어대는 생명의 리듬은 폭포가 쏟아내는 거대한 물기둥의 굉음과 어우러져 기막힌 앙상블을 이룬다. 이 장엄한 교향곡을 들으며 출렁이는 배 안에서 있는 동안은 옆 사람의 말소리가 들리지 않는다. 자연, 그들만의 향연이다. 사람의 목소리가 끼어들 자리가 아니다. 비가 많이 와서인지 작년 이맘때보다 폭포의 위용이 정말 대단하다. 작년에 내가 보았던 폭포보다 더 웅장한 폭포를 가족들이 볼 수 있게 된 것이 기뻤다. 엊그제 로키산 속에서 겪었던 실망에 조금이나마 위로가 되었다.

나이아가라에 오기 전에 우리는 로키산을 구경했다. 산장에서 하룻밤을 묵고 아침 일찍 차에 올라 로키의 품 안으로 점점 깊숙이 안겨들어갔다. 영화 〈닥터 지바고〉를 촬영했다는 고즈넉하기 이를 데 없는 밴프 기차역도 있었다. 역을 배경으로 우리는 영화 대신 가족사진을 촬영했다. 다음에 갈 곳은 역시 영화 〈닥터 지바고〉의 촬영장이었던 컬럼비아 설원雪原이다. 안내자가 꽤 시간을 효율적으로 운영하는데도 일정이 너무 빠듯했다.

하산 길에 루이스 호수를 찾은 것은 오후가 한참 기울어서였다. 호수에 도착하기 전에 나는 작년 여고동창 여행에서 보았던 호수의 고매한 자태를 가족들에게 한껏 자랑했다. 보기 드문 절경이요. 로키의 보석이었기에 말이다. 푸르지도 않고 파랗지도 않은 호수의 물빛은, 선녀의 섬섬옥수에 옥반지가 끼여져 있다면 바로 저런 색이 아닐까 싶었다. 호숫가에 자리잡은 고풍스런 루이스 호텔은 캐나다를 방문하는 국가 원수들이 즐겨 찾는다고 했다. 그립던 40년 전 여고시절의 벗들이 얼굴을 마주하고 호텔에서 커피 한 잔을 즐기던 축복을 어찌 제왕의 수고로운 나들이에 비하랴. 잊으려야 잊을 수 없는 루이스 호수였다.

그렇던 루이스 호수가 이 어인 일인가. 내 눈과 마주친 루이스는 작년의 아름다운 호수가 아니었다. 하늘의 뿌연 구름덩이들 사이로 오후의 둔탁한 햇살이 마구 흩어진다. 빛살은 호수의 수면을 몽니 부리듯 휘저어놓고 있었다. 호수는 없고 반사광만 야단스러운 호수 앞에 서서 나는 가족들에게 미안한 마음이 들었다. 작년에 보았던 호수의 아름다움을 너무 일찍 쏟아놓은 경솔함이 미안했다.

태양의 무분별한 광폭光爆에 여지없이 호수를 잃게 될 줄을 내 어찌 예견할 수 있었던가. 지난해 가장 아름다운 호수를 볼 수 있는 시간대를 배려해서 우리들 여고동창생들을 안내했던 안내자에게 고마운 마음이 절로 솟았다. 작년의 호수를 알지 못하는 가족들인지라 나만큼 실망이 크지는 않았겠지만, 호수 위에 비치는 부광浮光에 부신 눈을 비비며 발길을 돌려야 하는 가족들의 덤덤함에 나는 몹시 속상했다.

휘황한 허광虛光이 내뿜는 어설픈 햇살은 사물을 제대로 들여다볼 수 있는 우리의 눈을 얼마나 방해하고 있음인가. 스포트라이트는 참으로 조심해야 할 빛이다. 지나치게 강렬한 조명은 보는 이의 눈을 부시게 할 뿐만 아니라 주인공 자신조차도 자신의 참모습을 인식하는 데에 어이없는 방해를 받기 십상이다. 프랑스의 인상주의 화가 모네의 말대로 빛은 이 세상의 모든 물체를 해체하는 위력을 갖는다. 그래서 모네는 자신이 원하는 상태의 빛이 될 때까지 기다리는 화가였다지 않나.

역사를 기록하는 사가史家도 자신이 원하는 시간대에 사초史草의 붓을 잡을 것이다. 하지만 사가의 붓은 순수한 태양 빛으로 그림을 그리는 화가의 붓과 같지 않다. 사가의 색안경을 통과하면 세상의 모든 것은 변색하게 마련이다. 루소의 말대로 "어차피 역사는 선택된 순간에 비친 걸치레 의상 속에서만 인간을 파악할 수밖에 없다". 옥빛을 닮은 아름다운 루이스 호수에는 너무 어울리지 않는 각광이었다.

# 여름 산행

갈대밭에서 자라는 칡넝쿨은 고작 오십 센티미터의 키를 넘지 못하지만 낙락장송을 타고 오르는 칡넝쿨은 소나무의 키만큼 하늘을 향해 높이 오를 수 있다. 스승을 잘 만나야 큰 사람이 될 수 있다는 비유로 흔히 듣는 말이다. 그런데 지난 여름 모처럼 나선 충청의 소백산 등산길에서 만난 소나무와 칡넝쿨은 달랐다.

작열하는 태양에너지는 숲속의 모든 생명들에게 무한정한 삶의 의지를 허용하고 있었고, 푸른 생명들은 너나 할 것 없이 삶의 정점을 향해 달리고 있었다. 가장 에너지 넘쳐 보이는 생명은 칡넝쿨이었다. 소나무와 전나무들이 거의 예외 없이 뱀같이 똬리를 틀고 올라간 칡넝쿨에게 포로가 되어 꼼짝달싹 못하고 있지 않은가. 여름 등산에 경험이 없던 내 눈엔 충격이었다. 나무의 형체를 알아볼 수 없을 만큼 결박의 포승은 무자비했다.

칡넝쿨의 먹이가 되어 몸통 전체가 땅에 달락말락 납작해진 전

나무, 굵은 가지가 아래쪽으로 당겨지는 바람에 사지가 찢겨질 것 같은 소나무의 처절함은 동물의 세계에서나 볼 수 있는 약육강식의 현장 바로 그것이었다. 인간이 폭군에게 당하는 가혹한 고문을 연상케 하기도 했다. 그 처참한 몰골은 평소에 알고 있던 고고하고 위풍당당한 소나무가 아니었다. 이것이 어디 낙락장송을 존경하고 닮으려는 칡넝쿨의 몸짓이란 말인가. 자신의 분수를 모르는 잡초의 혈기가 민망스럽고 괘씸했다.

삼복도 지나고 추석도 지나고 제법 싸늘한 날씨가 몸과 마음을 적당히 흔들어 깨우는 초겨울이 되고서야 나는 오랜만에 다시 산에 올랐다. 여름에 갔던 그 산은 아니지만 여름 동안의 치열했던 생명들을 이곳에서도 다시 만날 수 있었다. 소나무와 전나무의 몸통과 푸른 가지 사이사이로 말라비틀어져 노끈처럼 가늘어진 칡의 동맥들이 아직도 무질서하게 촘촘히 매달려 있긴 하지만, 의연한 상록수들은 칡이 저지른 여름동안의 난동을 잊은 듯 본래의 몸매와 푸르름을 되찾고 있었다. 여름 동안 삶에의 의지가 하늘을 찌를 것처럼 등등했던 칡넝쿨에게 자신의 몸을 송두리째 내어주면서 생명이 뻗어가는 데까지 갈 수 있도록 인내하고 포용하던 '큰 나무'들의 부활이다. 나 혼자 칡넝쿨 앞에서 원망과 혐오를 달랠 수 없던 지난 여름이었다.

심지도 않았는데 장미밭에서 힘차게 자라는 클로버를 우리는 잡초라고 부른다. 장미꽃을 즐기려는 우리의 시야에 방해가 되기 때문이다. 거꾸로 클로버에게 묻는다면 자기보다 키가 큰 장미는 한낱 햇볕을 가리는 잡초 이외에 다른 것이 아니리라. 태어날 때부터 잡초라는 생명은 없다. '콜크나무는 인간의 병마개가 되기 위해 태어난 것이 아니다'라는 철학가 칸트의 직언을 오늘에야 명료하게 알아들을 수 있겠다. 모든 생명은 생명 그 자체로서 이미 자기 목적을 가지고 태어난 것이다. 여름 동안 숲속의 혼돈이 아무리 치열했다 해도 그것은 계절의 섭리가 허락한 숲의 생태였을 뿐, 칡넝쿨이 나의 미움을 받아야 할 이유가 뭐란 말인가.

어느 해인가 미국의 텍사스에서 여름을 지날 때였다. 우리나라의 잔디밭에는 작은 나무라도 한 그루 심으면 주위의 잔디는 햇빛을 받지 못해서 얼마 안 가 고사하고 만다. 네가 살면 내가 죽고, 내가 살면 네가 죽는다. 상생의 축복이 주어지지 않는 잔디밭이다. 그런데 사막의 기후조건에서 자라는 텍사스의 잔디는 그렇지가 않았다. 오히려 푸르고 시원한 나무 그늘에서라야 잔디가 예쁘고 아름답게 자라고 강렬한 햇빛에 노출된 잔디는 병든 잡초처럼 보잘 게 없었다. 그곳의 잔디와 나무는 서로의 삶을 위해서 서로에게 아무런 고통을 요구하지 않아도 된다. 상대에 대한 배려의 염念을 낼 것 없이 그저 자신의 삶을 살기만 하면 그 자체가 곧 자리이타인 것이다.

누구에게나 삶을 추수해야 할 가을은 있다. 풍성해야 할 가을이지만 자신의 여름이 어떠했는지 뒤돌아보기 두렵다. '지난 여름은 참으로 위대했습니다'라는 감사의 기도를 드릴 수 있는 여름이었던가. 우리의 입은 태어날 때부터 쓴맛보다는 단맛을, 코는 악취보다는 향기를, 눈은 추한 것보다는 아름다운 것을, 귀는 소음보다는 화음을 좋아한다. 내가 좋아하지 않는 열악한 환경을 역경이라고 부르지만, 역경에 대처하는 반응은 사람마다 다르다. 이 반응이야말로 인생에서 가장 실족하기 쉬운 험준한 분수령이기에, 현자들은 중생에게 영혼의 근력 키우기를 그토록 당부했을 것이다.

자신의 삶을 송두리째 숲의 섭리에 내맡기던 소나무 앞에서 하필 칡넝쿨의 훼방만 눈에 보이던 등산길이었다. 여름이면 햇빛을 막아주는 시원한 나무 그늘 밑에서, 겨울이면 알맞게 내리쬐는 따스한 태양 아래에서 고만고만한 자족의 삶을 엮어가는 텍사스의 잔디를 닮았을망정, 그 억센 칡넝쿨의 포로가 되어 여름 내내 인고의 삶을 살아내는 험산준령의 소나무를 닮지 못했었다.

소나무를 칭칭 감고 있던 계절의 칡넝쿨은 때가 되면 스스로 소멸되지만 나를 감고 있는 이 부자유의 칡넝쿨은 영원으로까지 동행할 기세다. 자연은 계절을 경계지을 때 칼로 무 자르듯 냉혹하게 잘라내지는 않는다. 자연은 늘 계절과 계절 사이에서 다음 계절을 준비할 틈새를 허용했었건만 화답하지 못했다. 시간의 땅끝까지 밀려온 영혼은 아직도 '지난 여름의 기도'를 찾지 못하고 있다.

# 연금술사의 유전자

미국으로 유학 간 한국의 신학 대학생이 새벽마다 학교 안의 텅 빈 예배실에서 찬송가를 부르며 소리내어 기도했다. 인내력을 가지고 지켜보던 미국인 친구가 조심스럽게 귀띔하더란다. '사람들이 너를 조금 이상한 사람으로 본다'고. 그 후부터는 어쩔 수 없이 자기 방에 들어앉아 새벽 예배를 드렸다는 어느 신학 교수의 유학 시절 회고담이 잊히지 않는다.

2천 년이 넘는 서양의 기독교보다 2백 년이 안 되는 한국의 기독교가 더 초심을 간직하고 있어서일까. 이 땅에선 새벽 미사나 철야기도에 참여하지 못하는 사람은 자기 자신의 게으름을 탓할망정 예배자들을 별난 사람으로 여기지 않는다. 기독교만 그럴까. 발이 닿는 도심지의 사찰도 법당을 향한 신도들의 발길이 끊이지 않는다. 통계를 보니 우리나라의 불교신자는 어림잡아 1,400만, 개신교가 약 1,000만, 가톨릭이 약 400만 명이라는데 사람들은 이 통계를 황금비율이라고 부른다. 이 밖에도 계룡산 골짜기를 비롯한 전국의 방방곡곡 산 중에서 종교의 이름 없이 도道를 닦는 구도자들은 또 얼마나 많겠는가. 문제 많은 세상에 수행자도 많이 생기게 마련이라지만, 어쨌든 한국인은 영적으로 연금술사의 DNA를 많이 갖고 태어난 것 같다.

파울로 코엘료의『연금술사』가 한국에서도 연일 베스트셀러 선풍을 일으킨 적이 있다. 가장 많이 팔리는 책이 꼭 가장 좋은 책은 아니지만, 20세기 최고의 영적 구도서라고 회자되는 이 책의 명성이 궁금했었다. 코엘료는 흔치 않게도 전설적 연금술에 빠졌던 젊은 현대작가다. 그러나 35세 때 연금술의 참스승을 만나 혹독한 정신감응 훈련을 받고부터는 새로운 인문학적 연금술을 접하게 되었다. 이제 그에게 연금술은 더 이상 구리나 납을 오랫동안 가열하여 금으로 바꾸는 마술이 아니다. 불로장생의 액체를 구하는 작업도 아니다. 금속을 정제하기 위한 불꽃을 끝없이 바라보며 삼매에 들다보면 금속이 정제되기 전에 사람이 먼저 정화된다는 것이다.

정신을 몰입해서 우주의 한가운데로 진입하는 수련이 서양의 연금술이라면, 연금술사의 불꽃은 우리네 선방禪房의 선사들이 붙들고 있는 화두에서 그리 멀지 않을 것으로 짐작된다. 코엘료의 연금술사가 궁극적으로 찾고 있는 '현자의 돌'은 노자가 '있음'을 믿으며 참구하던 도道의 세계가 아닐까 상상해보기도 한다. 선승

이 아닌 무명無明의 중생도 불교 경전을 읽거나 노자의 『도덕경』을 읽다보면 잠시 잠깐 3차원을 떠나 피안의 세계에 들 때가 없지 않다.

공기 속에서 공기의 고마움을 모르듯 우리 것에는 늘 덤덤했었다. 코엘료의 『연금술사』가 마치 객지를 떠다니다 돌아온 고향 친구같이 친근하게 느껴진다. 『연금술사』가 출판되기 여러 해 전 나는 통일된 독일의 베를린을 찾은 적이 있었다. 시내 중심에 있는 유서 깊은 빌헬름교회는 2차대전 때 파괴된 건물의 살점 하나를 남겨놓은 채, 그 옆에 새 교회 건물을 지었다. 마침 예배시간을 알리는 종소리에 발이 끌려 안으로 들어가보니 나 같은 행인 몇 사람이 교회의 기념물을 둘러보느라 서성거릴 뿐, 제단 앞에 앉은 사람은 대여섯 명의 노인들뿐이었다.

썰렁하기 이를 데 없는 교회를 빠져나와 조금 걷다보니 거리 한 모퉁이에서 퍼포먼스가 한창이다. 젊은이들이 요가 동작을 따라 하느라 꽤 진지하다. 조금 전 들렀던 텅 빈 교회와 너무 대조적이었다. 요가는 우주를 향한 몸의 기도라고 말들 한다. 오랜만에 다시 유럽을 찾은 나는 적지 아니 놀랐다. 서양 땅에 불고 있는 동양의 바람이 뜻밖이었다. 그로부터 수년 후 코엘료의 『연금술사』가 서양에서 왜 베스트셀러가 되었는지 넉넉히 짐작할 수 있다. 동양의 고전을 접해본 적 없고 오로지 과학과 이성으로 훈련된 서양인들에겐 코엘료의 『연금술사』가 신비의 세계로 진입하는 관문이 될 수도 있을 것 같다.

초고속으로 달리는 현대의 과학발전은 보통 사람의 일상을 믿기 어려울 만큼 편리하게 해주고 있다. 지식의 포만감이나 문명의 안락함에서 맛보는 3차원의 편리함이 크면 클수록, 신비와 초월의 세계를 향한 그리움은 깊어가게 마련인가보다. 인간의 의지와 관계없이 포물선을 그리며 진화하는 인간 역사의 속성이다. 한류가 왜 이 시대에 지구 곳곳에서 그토록 열광적인 관심을 받는지 이제는 궁금하지 않다.

미국으로 유학간 신학생으로부터 계룡산 골짜기의 수행자에 이르기까지 한국인의 옷자락에 붙은 수많은 종교의 명찰들을 떼고 나면, 가슴 속에 남는 것 하나가 있다. 한국인의 신앙 안에서 숨쉬고 있는 원형질, 그것은 무슨 대단한 철학에서 나온 것도 아니고 이름 붙일 만한 무슨무슨 사상에서 나온 것도 아니다. 정화수 한 그릇 앞에서 일월성신을 향해 간절히 빌고 또 빌던 우리네 어머니와 할머니의 정성 그것이 한류의 모천이라고 믿고 있다. 그분들의 영적 에너지는 지금도 우리의 핏속을 흐르고 있기에, 자녀들의 입학 때가 되면 수많은 어머니들이 교회, 사찰, 산속의 동굴 그 어디라도 가리지 않고 달려가 꼼짝않고 영혼의 불꽃을 태우는 연금술사가 되는 것이리라.

"무언가를 간절히 원할 때 우주에 가득 찬 만물의 정기가 그들 연금술사를 도와준다"는 코엘료의 믿음은 서양이라는 공간만 다를 뿐 한국인의 핏속을 타고 도는 '정성'의 에너지 바로 그것에서 멀지 않을 것이다. 코엘료의 『연금술사』가 책 말미에 이집트의 피라미드로 가는 여행을 선택한 의미가 시선을 끈다. 고대 이집트의 피라미드는 서양인들에겐 아직도 신비 그 자체다. 서양인들에게 이집트는 동양으로 가는 관문이기도 하다.

연금술사가 되기 위해서는 돈이 드는 것도 아니고 훈련된 노하우가 요구되는 것도 아닌데, 초심으로 돌아가는 간절한 마음 하나를 내지 못해 연금술의 촛불을 켜지 못한다. 동분서주하여 얻어지는 일상의 짜깁기 지식과 정보가 영혼을 움직일 수 있는 내공일 수는 없을 것이다. 이 땅에 살고 있다고 모두가 연금술의 장인이 되는 건 아니다.

# 팍상한 폭포로 가는 길

필리핀 여행에서 이렇다 하게 알려진 문화유적지를 찾지 못한 일행은 마닐라에서 그리 멀지 않은 계곡의 팍상한 폭포를 관광하기로 했다.

폭포가 시작되는 산 위로 올라가려면 카누같이 생긴 나무배를 타고 계곡의 물줄기를 거슬러 올라가야 한다. 이 계곡이 폭포로 올라가는 유일한 길인지 아니면 관광상품으로 개발한 코스인지는 알 수 없지만 어쨌든 배를 타고 산으로 가야 한다. 중앙에 두 사람의 승객이 앉고 뱃머리의 앞쪽과 뒤쪽에서 사공이 노를 젓는다. 그러나 사공이 물 위에서 노를 저을 수 있는 코스는 출발할 때의 잠깐뿐이고 갈수록 계곡의 험준한 경사가 이어진다.

계곡의 물은 제멋대로 자리잡은 크고 작은 바위와 돌멩이들 때문에 물줄기도 여러 갈래로 흩어진다. 물이 너무 얕아서 배가 물밑의 돌에 닿는 곳에서는 두 사람의 사공은 젓던 노를 놓고 배 밖으로 나가 힘으로 카누를 밀어올린다. 경사가 심해서 밀어올릴 수조차 없는 지점을 만나면 앞뒤의 사공은 숫제 카누를 번쩍 맞들어 위쪽으로 옮겨놓는다. 두 사람의 승객이 앉아 있는 무거운 배를 들어올리는 사공들은 기운센 장정이 아니라 열대여섯 살이 되었을까 하는 소년들이었다. 한참 학교 공부에 여념이 없을 나이다. 그들은 역사의 어느 물줄기가 자신을 학교 공부 대신 이렇게 팍상한 폭포의 역류 위에 노를 젓게 만들었는지 묻는 기색이 없다. 온화한 얼굴이지만 그들의 눈동자에 드리워진 슬픈 그림자는 보는 이의 가슴을 어둡게 했다.

모처럼 남국의 자연 속에 마음과 몸을 흠뻑 적시는 여행인가 했더니, 계곡을 거슬러 올라갈수록 소년들의 어두운 눈동자 앞에서 관광객은 여행의 즐거움에 빠질 수가 없었다. 소년들이 카누를 맞들어 올릴 적마다 마주 보고 앉아 있던 친구와 나는 반사적으로 궁둥이를 번쩍번쩍 들며 좌불안석이었다. 그때마다 소년들은 당황하는 얼굴로, 그렇게 하면 무게 중심이 흔들려서 위험하니 가만히 앉아 있으라고 손짓한다.

계곡을 거슬러 올라가는 뱃길은 소년들에게만 힘겨운 여로가 아니었다. 배 안에 앉아서 이들을 지켜보아야 하는 승객의 가슴에도 똑같은 역류의 고통이 지나간다. '배를 끌고 산으로 간다'는 말은 순리順理를 어기고 역리逆理를 선택하는 만용을 꾸짖는 말이 아니던가. 한 시간 남짓한 뱃길은 한마디로 자연에 저항하는 배반의 항로였다. 드디어 팍상한 폭포가 시야에 들어온다. 규모로 보거나 경관으로 보아 제주도의 정방폭포보다 크지도 높지도 않은 자그마한 폭포다. 이것을 보기 위해서 험난한 계곡을 그토록 힘겹게 올라왔단 말인가.

관광의 목표는 처음부터 폭포가 아니라 계곡의 뱃길 그 자체였다는 것을 나중에야 알게 되었다. 폭포 앞에 내려서 잠시 쉬는 동안 수고한 소년들에게 음료수와 간식을 좀 사주려고 했더니 극구 사양한다. 내려갈 길이 먼 것을 생각하니 안쓰럽긴 했지만 그들의 뜻에 따르기로 했다. 잠시 휴식을 취한 후 우리는 곧 하행 길에 올랐다. 그런데 내려갈 때의 가속력은 나의 상상을 초월했다. 사공들이 간식을 사양하고 빨리 내려가길 바라던 이유를 알 수 있을 것 같았다. 쏜살같이 미끄러지는 카누를 견제하고 조정하는 사공들의 솜씨가 일품이다.

승객들의 가슴도 올라갈 때처럼 우울하지 않았다. 제법 스릴을 느끼며 어린아이들처럼 환호했다. 가만히 있어도 물의 흐름이 배를 인도했고 마치 스키 선수들이 설산 위에서 기문旗門을 돌 때처럼 바위와 바위 사이를 정신없이 돌아서 순식간에 처음 출발했던 자리로 되돌아오는 것이 아닌가. 그 경쾌함은 물의 흐름을 거슬러 올라가던 상행길의 고통을 잊게 해줄 만했다.

잠시도 쉬지 않고 항해하고 있는 우리네 인생의 여로는 팍상한 폭포로 가는 길처럼 위로받으며 돌아올 수 있는 기회가 주어지는 것이 아니다. 그것을 모르지 않으면서 하필이면 자연의 역류에 배를 띄우고 저마다 인생이 고해苦海라고 입버릇처럼 되뇌이고 있다.

비록 짧은 순간이었지만 팍상한 폭포의 계곡을 내려올 때, 미끄러지듯 달리는 카누 안에서 맛보던 그 무애無碍의 환희를 잊을 수 없다. 볼거리가 별로 없어 아쉬울 뻔했던 필리핀 여행에서 팍상한 폭포를 만난 인연은 아쉬움을 넉넉히 채워주었다.

# 룩소르에서 종묘까지

초등학교 시절부터 소풍철이 되면 경복궁, 창경궁, 덕수궁 등은 단골 행선지였지만 종묘宗廟를 답사한 기억은 없다. 비록 왕들의 것이라 해도 사람들은 사자死者들과 관련된 곳엔 가까이 가기를 꺼려해서 그랬을 것이다.

이번 이집트 여행에서 돌아와 생각해보니 둘러본 것이라곤 죽음에 관한 것뿐이었다. 카이로 근교 기제의 피라미드, 고고학박물관의 미라, '왕들의 계곡'에 즐비한 파라오의 무덤들, 신전神殿들 모두 죽은 왕들에 관한 것 그리고 죽은 왕들이 섬기던 신들의 것이었다. 4천여 년 전 짓기 시작되었다는 카르나크 신전은 역대 파라오마다 자신의 이름과 치적을 새겨넣으며 증축 보수했다니 사실상 천오백 년 동안 건축이 계속된 셈이다. 신전의 터는 눈이 닿지 않게 광활한데 남은 것이라곤 폐허가 되어버린 신전의 거대한 아름드리 황토색 기둥들뿐이다. 사제들의 찬양도 예배자의 발길도 끊어진 지 오래일 터. 사람이 들락거리지 않는 신전에 신이 머무를 리 없다. 사람도 신도 떠나버리고 소리 없이 쇠락하는 신전의 마당엔 메마른 잡초가 유일한 생명이었다.

피난 시절을 빼고는 평생을 서울에서 살면서도 지척에 있는 종묘를 찾지 않았던 나의 게으름은 이집트 여행에서 돌아온 후 끝이 났다. 종묘를 찾은 것은 한 줄기 소나기가 지나간 7월의 오후였다. 경내에 들어서니 우거진 푸른 수목들이 싱그럽다. 이집트의 황토색에서 느끼던 빛바랜 메마른 색깔이 아니다. 단순 일자형으로 지어진 종묘의 정전正殿은 단청도 문양도 없이 옆으로 땅끝까지 펴져나갔다. 대지의 품에 안기듯 나지막한 지붕의 추녀가 건물 높이의 반쯤을 덮고 있는 듯하다. 솟치지 않은 절제된 건축은 사후의 안식을 자연에 위탁한 몸 낮춤으로 느껴진다.

조선조의 왕은 모두 스물일곱 분인데 종묘에 신위가 모셔진 왕은 스물다섯 분이다. 연산군과 광해군은 폐위된 왕이라서 죽은 후에도 종묘에 들어가지 못했다. 영혼이 종묘에 머물지 못할 뿐만 아니라 그들의 사초마저 『조선왕조실록』에서 삭제되어 따로 『연산군 일기』, 『광해군 일기』로 보존되고 있을 뿐, 정사에서는 지워진 셈이다. 특히 광해군은 임진왜란 때 소실된 이 종묘를 1608년 즉위년에 재건, 증축한 왕이다. 공들여 재건한 종묘에서 자신의 혼백이 제사 한번 받지 못하고 쫓겨난 속사정이 있었겠지만, 세상은 죽은 자들의 변명 없이 오직 살아 있는 사람이 기록한 역사 속에서만 망자를 만날 수 있구나 싶었다. 석양에 종묘 문을 걸어나오는데 문득 이집트 땅에서 만났던 또 한 사람의 폐왕이 생각났다.

고대 이집트에도 자신이 지어놓은 장제전에서 단 한번의 제사도 받지 못하고 쫓겨난 왕이 있었다. 세계사 속에서 최초의 여왕이었던 핫셉슈트가 비운의 주인공이다. 파라오들의 무덤이 모여 있는 '왕들의 계곡' 한 켠에는 사진에서 보았던 여왕의 웅장한 장제전이 있다. 장제전은 파라오가 죽은 후 장례와 제사를 전담할 신전이다. 대부분의 파라오들은 생전에 자신의 장제전을 미리 지었다. 그녀도 황토의 바위산 입구 절벽을 깎고 자신의 장제전을 이승의 권세에 걸맞게 야멸차고 화려하게 지었다. 그러나 수천 년 세월 동안 사막의 황토 모래 속에 묻혀 있다가 1896년에야 프랑스 고고학자들에 의해서 발굴되어 세상에 얼굴을 드러낸 건축물이다.

고대 이집트 왕가의 결혼은 지금의 눈으로 보면 망측스럽기 짝이 없는 근친혼의 소굴이었다. 파라오는 가장 진한 왕가의 피를 가진 여성의 남편일 때만 파라오일 수 있었다. 왕과 왕비가 모두 왕족이어야 한다는 생물학적 순혈주의에서 왔는지 아니면 왕비를 밖에서 데려오면 외척이 득세할까 두려워서였는지 모르지만, 어떤 파라오는 자신의 딸들, 자신의 어머니와도 결혼하며 왕권을 지켰다니 아무리 시대가 다르고 땅이 다른 곳의 풍습이라도 듣기에 해괴하기만 하다.

비운의 여왕 핫셉슈트는 처음부터 파라오가 아니었다. 이복동생인 파라오 투투모스 2세와 결혼했으나 병약한 남편이 후사 없이 세상을 뜨자 대통을 이을 후계자는 아홉살박이 의붓아들이었다. 남편이 첩의 몸에서 남기고 간 어린 의붓아들을 섭정하면서 그녀는 남장을 하고 수염을 만들어 붙이면서까지 실세의 파라오 행세를 했다. 인류 역사상 최초의 여왕이 된 그녀도, 파라오가 반드시 남성이어야 한다는 통념을 깨트리지는 못했다. 대신 자신의 여성성을 깨트림으로써 왕권에 대한 강한 집념을 불태운 파라오였다.

여왕의 절대권력은 의붓아들이 30세가 되어도 이양될 줄 몰랐다. 권력이란 예나 지금이나 빌려쓴 장리쌀 갚듯, 때가 되면 순순히 반납할 수 있는 것이 아님은 다르지 않은가보다. 20년 이상 뒷방에 유폐되었던 의붓아들은 30세가 되던 해, 자신이 진짜 파라오임을 선언하고 의붓어머니 핫셉슈트에게 도전해 왕권을 탈환했다. 왕좌에서 쫓겨난 여왕의 갑작스런 사망은 오늘까지도 사가들의 의문거리라고 전해진다. 왕위에 오른 파라오 투투모스 3세는 의붓어머니가 죽자 곧 역사 속에서 그녀의 흔적을 없애기 시작했다.

여왕이 지어놓은 장제전 벽면에는 여왕의 출생에서부터 통치에 이르기까지 갖가지 부조가 가득하다. 심지어 그녀의 어머니가 아문신과 결합하여 그녀를 낳았다는 신화도 그려져 있었다. 하지만 그녀는 살아 있는 동안만 신의 딸이었다. 장제전의 대형 화강암 벽면에 시선을 끄는 것이 있었다. 인물은 없고 사람의 체형만 알아볼 수 있는 거대한 실루엣이다. 하얗게 쪼아진 실루엣은 새로 등극한 투투모스 3세가 석공들의 손을 빌려 선왕인 의붓어머니의 초상을 역사에서 지워버린 흔적이었다. 제사는커녕 그녀의 영혼이 장제전에 머무는 것조차 허용하지 않은 것이다. 죽은 자는 역사의 텍스트일 뿐, 해석은 철두철미 산 사람의 몫이구나 싶었다.

권력욕에 불타던 남장 여제女帝도, 여왕으로부터 왕권을 탈환한 의붓아들 파라오도 모두 죽은 자가 되어 힘없기는 마찬가지다. 오늘날 이집트의 무슬림들은 말할 것도 없고, 세상의 그 어느 곳에서도 파라오들의 영혼을 위해서 제사를 바치는 사제의 손길은 없을 것이다. 살아 있을 때의 권력으로 자신의 장제전을 짓는 일까지는 할 수 있지만, 자기 손으로 자신의 제사를 지낼 도리는 없는 법. 이 자명한 이치를 아는 데에 실패한 인생이 어찌 조선왕조의 폐주나 이집트의 여제뿐일까.

# 밀레니엄맨

거울 속에 비치는 자신의 얼굴 앞에서 눈을 껌뻑거리는 원숭이의 모습, 그것은 몽골인의 얼굴이 TV에 비칠 적마다 화면에서 눈을 떼지 못하는 내 모습을 닮아 있다. 몽골인의 정체가 역사의 장벽을 깨고 한국의 대중매체에 드러난 것은 몽골을 지배하던 소비에트가 1990년 붕괴되고 난 이후의 일이었다.

몽골인들의 얼굴에서 나보다 더 나를 닮은 자화상의 형질을 느끼니 알 수 없는 일이다. 그들과 나 사이에는 숨겨진 인연의 끈이 있을 것만 같았다. 오랜 세월 서로의 존재를 잊고 살던 살붙이가 어느 날 갑자기 눈앞에 나타난다면 그 닮음의 낯설음이 이러할지. 그 호기심이 더구나 나를 이번 몽골 여행으로 밀어넣었다.

"초원 이외에는 아무것도 볼 것이 없네." 함께 여행하던 일행의 볼멘소리였다. 정녕 우리에게 초원은 그토록 매력 없는 땅이었을까. 누구는 그랬다. 서울의 아스팔트 도로를 질주하는 퀵서비스

문화도, 한 손에 짜장면통을 들고 오토바이로 곡예하듯 거리를 누비는 배달원의 묘기도 모두 그 옛날 초원에서 말을 타던 유목민의 핏줄에서 왔다고. 오늘의 한국인이 컴퓨터의 사이버공간에서 종횡무진 신나게 달리는 것도 초원을 갖지 못한 유목민의 대리만족이라는 해석도 그럴듯하다. 지금 우리에겐 달릴 수 있는 초원이 없을 뿐, 유목민의 '신바람 에너지'는 우리의 핏속에 여전히 흐르고 있다는 것이다. 좁은 한반도에 살고 있는 우리가 하릴없는 유목민의 후예라면 그럼 우리는 어디에서 왔단 말인가.

거울에 비친 자신의 모습을 확인하려고 거울 뒤편으로 껑충껑충 걸어가는 원숭이처럼 나도 나를 만나고 싶어 역사의 뒤안길로 발걸음을 옮겨본다. 고작 어느 인종학자의 주장에 설득된 사실史實 기록에 불과할지 모르지만, 어차피 역사에는 정설定說이 없다지 않나. 다른 증거가 나올 때까지의 가설假說을 그렇게 부르고 있을 뿐. 내가 어디에서 왔는지 궁금증만 진정시켜줄 수 있다면 정설이면 어떻고 가설이면 어떠하리.

기원전부터 중국의 흥안령 동쪽 평원엔 여러 기마부족이 할거했다. 기마족은 언제라도 떠날 수 있는 유랑민이다. 그들 중 일부는 오늘의 몽골초원으로 이동한 몽골인들이라고 했다. 다른 일부는 만주벌판을 거쳐 남쪽 끝 이곳 한반도까지 달렸다. 땅끝에는 바다가 있으니 말안장을 내리고 이곳에 정착해 한반도의 주인이 되었다. 또 다른 기마족은 계속 동쪽으로 동쪽으로 아시아 대륙

끝까지 달렸다. 동쪽 끝은 베링해협이었다.

지금보다 훨씬 좁았을 베링해협을 건너 그들이 밟은 땅은 알래스카였다. 사냥감이 풍부한 알래스카에 터를 잡은 오늘의 에스키모가 그들이다. 그들 중 일부는 더 남쪽 오늘의 미국 땅으로 쉬지 않고 달렸다. 아메리카의 서부 개척시대까지 평화롭게 그 땅에 살던 원주민이 우리 한국인과 DNA가 같다고 해도 아무도 놀라지 않는다. 그들을 아메리칸 인디언이라고 부르지만, 아메리카라는 이름도 인디언이라는 이름도 백인들이 붙여놓은 창씨개명일 뿐, 생물학적으로 그들은 몽골인이다.

새천년을 앞둔 1995년 미국의 워싱턴포스트는 지난 천 년의 역사에서 가장 중요했던 인물을 선정하는 작업에 들어갔었다. 천 년 동안의 그 많은 인물들과 사건들 중에서 가장 인류에게 영향을 많이 끼쳤던 '밀레니엄맨'을 뽑아내는 일은 쉽지 않았을 것이다. 처음엔 콜롬버스가 부상했다. 미국인에게 콜롬버스는 오늘의 미국을 있게 한 태조다. 하지만 추적해 들어가니 콜롬버스에게 영향을 준 사람은 같은 이탈리아 사람인 마르코 폴로임이 드러났다. 마르코 폴로는 원나라의 쿠빌라이 치하에서 17년간 관직생활을 했던 외국인이었다. 마르코 폴로의 『동방견문록』은 당시 동양을 서양에 알리는 신비의 책이었고 콜롬버스도 이 책을 읽었다.

콜롬버스의 항해 목표지는 인도도 아니고 아메리카도 아닌 오늘의 북경 '발릭 칸'이었을 것이라고 주장하는 역사가도 있다. 중

원 땅에 원나라를 세운 것은 칭기즈칸의 후예들이었다. 서양인들의 관심은 자연 칭기즈칸이라는 인물에 집중되었다. 그렇더라도 서양인들이 지난 천 년 동안 전 세계에 존재했던 많고 많은 중요 인물들 중에서 아인슈타인도 나폴레옹도 콜롬버스도 아닌 칭기즈칸을 밀레니엄맨으로 뽑은 것은 흥미롭다. 워싱턴포스트의 발표다.

"지나간 1천 년에서 가장 거대한 사건은 한 단일 종족이 전 세계에 자신의 의지를 완벽하게 발휘한 것이다. 그와 그의 후손들은 유라시아 대륙에 광대한 자유무역지대를 만들어냈고 동서양 문명의 연결을 강화했다. 이는 오늘의 GATT 체제에 해당한다. 그들은 인터넷이 발명되기 7세기 전에 이미 세계의 커뮤니케이션을 개척해놓았다. 칭기즈칸은 사람과 기술을 이동시켜 세계를 좁게 만든 인물이다."

만일 몽골이 오늘날 일본이나 독일처럼 강성한 패전국의 위상에 있었더라도, 칭기즈칸이 자유무역의 창시자, 세계를 좁힌 '천 년 속의 영웅'으로 뽑혔을까. 오늘날 몽골이라는 나라는 이 지구상에 있는지 없는지조차 알 수 없을 만큼 약소국이 되었다. 몽골인의 혈통인 아메리칸 인디언들마저 아메리카 땅에서 처절하게 도태되어가고 있다. 몽골의 조상 칭기즈칸에게서 침략자, 정복자라는 이름이 떨어져나간 것은 역설적으로 힘 빠진 호랑이를 두려워하지 않는 서양인의 자신감이 아닐까. 심기가 묘하다.

내 몸에 박혀 있는 몽고반점의 오기일까. 몽고반점은 역사가 아니라 과학이다. 상황의 물줄기를 따라 서로 다른 강물에서 살아가는 동류의 생물들은 각기 자신의 서식처에 적응하며 살아가지만 DNA가 달라지진 않는다. 드넓은 초원이 아닌 협소한 한반도에서 수천 년을 살아오는 유목민이, 초원보다 더 넓은 사이버공간을 쥐락펴락할 수 있는 달리기의 고수가 되기까지 세월이 걸렸을 뿐이다.

가도가도 끝이 없는 몽골초원을 달리는 버스 안에서 혼잣말이 나왔다. '이런 초원을 눈앞에 두고, 질주의 충동을 느끼지 않을 사람이 있을까.' 역사에 기록된 대로 칭기즈칸 군대의 생업은 전쟁이었고, 일자리는 말 잔등이었다면, 그야말로 초원이 거기 있었기 때문에 생겨난 일이었다.

칭기즈칸의 무덤조차 행방이 묘연할 만큼 그들은 생래적으로 역사에 관심이 빈약했던 것 같다. 실제로 울란바토르 국립박물관을 찾았을 때 그들이 얼마나 기록에 등한했었는지 알 수 있었다. 어딘가에 묻혀 있을 칭기즈칸은 워싱턴포스트가 자신에게 씌워준 밀레니엄맨이라는 월계관이 이래저래 견강부회라며 손사래칠지도 모를 일이다.

## 제5장

# 식영息影의 뜰

# 건넌방 손님과 아버지

헐린다, 헐린다 하던 친정집 한옥이 드디어 헐렸다.

지은 지 70여 년이 넘은 이 집은 우리 여러 남매가 태어난 생명의 산실이었고, 성장의 마당이었고 배움의 도량이었다. 배우자를 만나 혼례를 치르고 부모님 슬하를 떠나온 후에도 본가를 드나들던 우리들의 발걸음이 채곡채곡 쌓여 있는 가족사박물관 같은 곳이었다. 부모님이 돌아가시고 10년 넘게 세입자들만 살고 있으니 워낙 오래된 건물에 안전사고라도 생길까 오라버니는 늘 염려하면서도, 방마다 우리들의 삶의 흔적이 문신처럼 배어 있는 집이기에 그 처리를 놓고 적잖이 고심한 것 같다.

집이 지상에서 사라지는 마지막 순간을 지켜보며 주춧돌을 챙겨온 오라버니의 마음은 우리 모두의 마음이기도 했다. 이제 그 집은 이 지상에서 버틸 만큼 버티다가 때가 되어 최후를 맞게 된 것이다. 하지만 사람이 살 만큼 살다가 천수를 다하고 생을 마쳤다고 해서 그와 더불어 가졌던 추억들이 슬프지 않은 것이 아니듯, 집의 구석구석에 서려 있는 우리들의 추억도 마찬가지다. 나는 홀로 집터를 찾았다.

집의 형체가 사라진 빈터 앞에 서니 완벽한 결별이 이런 것인가 싶다. 만면의 기쁨으로 "어서 오너라" 하시던 부모님의 음성이 아니라 집터 위에 깔린 뽀얀 정적이 나를 맞는다. 어렸을 적 꿈속에서는 앞마당에 비행기도 내려앉았는데 집터가 생각보다 작아 보이는 것이 오히려 다행이다. 드넓은 대지였다면 그 황량함을 감당하기 더욱 힘들었을 것 같다. 여기쯤이 안방이었을까, 저기쯤은 장독대가 서 있었을 것 같고. 부엌은, 사랑방은, 대문은, 돌계단은. 도무지 가늠할 수가 없다. 안방에서 대청을 건너면 건넌방이다. 건넌방의 창호지 미닫이문 안쪽에서 나는 오랜만에 아버지를 만난다.

한국전쟁 때였다. 충청도 산골에서 피난생활을 마치고 상경하신 선친의 수중은 무일푼이었다. 부산 같은 대도시로 피난을 가지 않고 충청도 두메산골을 피난지로 잡았던 것을 선친께서는 평생을 두고 후회하셨다. 자식들도 아버지의 그 후회에 하나같이 동의해드렸다. 전쟁 전에는 단단한 사업체를 갖고 계셨으니 아무리 전쟁 중이더라도 두메산골보다는 대도시에서 할 일이 더 많았을 것이다.

살던 서울집으로 돌아오긴 했지만 대가족의 먹는 것이 해결되지 않는 절대빈곤의 세상이었다. 그런데도 부모님은 먹는 일보다 더 간절하게 매달리는 일이 있었으니 우리들 여러 남매의 교육이었다. 맨 맏이인 오라버니가 대학에 입학할 즈음이었으니 우리 모두의 교육은 사실상 전쟁 이후에 이루어졌다.

중고등학교에서는 기일 안에 수업료를 못 내면 등교해도 수업을 받지 못하고 교문 밖으로 추방되었다. 지금의 복지국가적 안목으로 본다면 교육을 책임져야 할 국가가, 학교가, 사회가 못할 짓을 했지만 전쟁을 치르면서 빈털터리가 된 국가가 그나마 학교 문을 열고 교육을 재개하려면 다른 도리가 없었을 것이란 생각도 든다. 내가 이 추방학생 틈에 끼어본 적이 없는 것은 수업료를 위해서 식음을 잊고 백방으로 애쓰시던 부모님이 계셨기 때문이었다.

중학 2학년이던 겨울방학 어느 날 집에 오신 손님은 얼굴이 그리 낯설지 않은 아버지의 지인이었다. 그분은 그날 지인으로 우리 집을 내방한 것이 아니라 빚쟁이로 돈을 받으러온 것이다. 그때의 금리는 우리나라가 겪은 어떤 고금리에도 비교할 수 없을 만큼 높았다. 사채이자의 최소가 월 1할이었으니 일 년이면 120퍼센트. 원금보다 더 많은 돈이 1년의 이자로 나가는 셈이다. 내가 어린 나이였음에도 지금까지 그것을 기억하는 것은 부모님의 금전적 고통이 숨기려야 숨길 수 없는 일상사였기 때문이다.

그 당시의 금리로 남에게 돈을 빌려주는 사람은 어쩔 수 없는 고리대금업자일 수밖에 없었다. 마침 대청을 지나던 나는 건넌방의 창호지 문 안쪽에서 흘러나오는 그분의 목소리를 들을 수 있었다. 아버지의 목소리는 거의 들리지 않는데 그분의 목소리는 점점 커진다. 급기야 그분의 거친 고성이 내 가슴에 총알처럼 박힌다. 수모를 당하시는 아버지는 한 말씀도 없으시다. 빚진 죄인이라더니 바로 지금의 아버지다.

아버지가 무엇 때문에 채무자가 되었는지 나는 잘 알고 있었다. 그 순간 모든 것을 포기하기로 했다. 학교를 안 다녀도 좋고 집이 없어 거리에 나앉아도 좋았다. 나도 모르게 미닫이문을 열고 뛰어들어가 아버지의 목을 끌어안고 통곡하며 말했다. "아버지, 우리 이 집 내주고 나가요"라고. 한옥의 창호지 문이 아니고 현대식 두꺼운 목재 문이었다면 그날 나는 안에서 무슨 일이 일어났는지 그처럼 똑똑하게 알아차릴 수는 없었을 것이다. 이제 두꺼운 목재 문도 얇은 창호지 문도 아무것도 없는 빈터에 서서 나는 지금 아주 선명하게 그날의 아버지를 만나고 있다.

아버지가 우리 곁을 떠나신지 많은 세월이 흘렀지만 그날 흐느끼는 어린 딸의 팔에 목이 감긴 채 침묵으로 일관하시던 아버지의 모습은 내가 기억하는 아버지의 모습 중에서 가장 진하게 가슴속에 자리잡고 있다. 어린 소녀의 절규를 목격한 채권자는 자신의 성격이 다혈질이다보니 언행이 지나쳤노라고 사과했지만 아버지의 표정은 미동도 하지 않았다. 당신이 받은 수모보다 어린 딸이 받았을 상처가 당혹스러워 더욱 침묵으로 일관하셨을 것이다.

하지만 내 스스로 4남매의 어미가 되어 살아오는 동안 그날의 아버지에 대한 기억은 상처가 아니라, 삶의 에너지요 자식 교육에 대한 신앙으로 뿌리내리게 되었다. 나중에 안 일이지만 그때 우리가 살고 있는 집은 이미 은행에 저당되어 있었기에 집을 내주고 나간다 한들 그분에겐 아무런 이득이 안 되었다. 전쟁의 후유증이 점차 치유되면서 선친께서는 특유의 집념과 근면으로 다시 일에 몰입하시어 많은 보람을 거두셨다. 그때 아버지께 돈을 꾸어주었던 그분의 빚도 물론 갚으셨을 것이다.

자식 교육을 위해서라면 지옥이라도 서슴지 않으셨을 아버지의 결연한 삶에 비해 보잘것없는 딸자식이 되었는데도 언제나 나의 자존심에 불이 꺼지지 않도록 촛불을 이어서 댕겨주시던 아버지. 이제 언성 높이는 빚쟁이는 없지만 나는 지금 여전히 눈물로 아버지를 만나고 있다. 아버지의 딸로 태어난 전생의 인연이 고마워서다.

세 살 때 생모를 여의시는 불운만 없었다면, 그리고 제도교육을 중도에 포기해야 했던 가운家運만 아니었다면 아버지는 틀림없이 학교의 선생님이 되었을 것이다. 방학 때면 우리 모두는 천자문, 명심보감, 맹자를 배우느라 아버지의 제자가 된다. 그 바쁘신 중에도 즐겨 스스로 서당의 훈장이 되시던 아버지의 모습은 모르는 사이 훗날 우리 여러 남매의 자화상이 되었던 것 같다. 5남매 중 4남매가 교육에 몸담고 있으니 그런 생각을 해본다.

"배움은 때가 있느니라"던 아버지의 신념은 아버지 자신의 인생 체험에서 온 것이었다. 결국 나는 아버지의 체험을 살고 있는 것이다.

# 면죄부를 다시 읽다

매주 목요일 오후면 나는 조선일보사 윤전실에서 서성였다. 편집을 끝낸 학교신문이 조판과 인쇄로 들어가는 날이다. 다다닥 다다닥 윤전기 돌아가는 소리는 떡 방앗간의 피댓줄 소리만큼 시끄럽다. 하지만 일주일 동안 학교신문을 만드느라 강의도 빠지면서 뛰어다니던 우리들 풋내기 기자들에겐 윤전기 소리는 단순한 기계의 소음이 아니었다. 도자기를 만드는 도공은 혼신을 다해 작품을 빚은 후 가마에 넣고 불을 지핀다. 활활 장작 타는 소리는 그냥 나무 타는 소리가 아니라, 작품의 마지막 완성을 위해서 시간이 자기 몸을 태우는 소리다.

최선을 다하고 가마 앞에 앉아 때를 기다리는 도공들처럼, 우리들 아마추어 신문쟁이들도 윤전기 앞에서 신문 나오기를 그렇게 침묵으로 기다리고 있었다. 윤전기에서 맨 처음 신문이 흘러나오기가 무섭게 저마다 한 장씩 집어들고 자신이 맡은 지면의 완성된 얼굴을 만난다. 모든 원고가 OK 교정 때까지 서너 번 내 눈을 거쳐갔으니 윤전기 앞에서는 더 이상 작은 오자誤字에 촉각을 곤두세우지 않아도 된다. 지면 전체를 훑어보니 내가 맡은 문화면도 그런대로 애쓴 보람이 있었다.

무엇보다도 맨 위에 가로로 편집한 연두시年頭詩가 환하게 돋보였다. 이번 호는 신년 특집호였다. 4·19혁명의 파도가 아직도 거리에서 출렁이던 변혁의 시기였다. 특집 기념으로 문과대학의 조동탁趙東卓 선생님께 연두시를 청탁 드렸었다. 선생님의 작품 앞에는 언제나 지훈芝薰이라는 필명이 따라다녔다. 신문은 거의 인쇄가 끝나가고 있었다. 전교생의 숫자가 지금의 십 분의 일도 안 되던 시절이었으니 신문을 인쇄하는 시간도 그리 오래 걸리지 않았다. 윤전기 옆에서 신문을 손에 들고 있던 나는 어느 순간 소리도 내지 못하고 경악했다. 갑자기 주먹만 한 오자가 산사태로 내리구르는 바위처럼 내 눈을 덮쳤다. 연두시의 작가 이름은 활자 크기가 한껏 키워져 있었다. 한글 없이 한자로만 작가 이름이 표기되던 때였다. 이럴 수가. 지훈芝薰이 지당芝黨으로 뒤바뀐 주먹만 한 오자가 왜 이제야 눈에 띈단 말인가. 수 없이 거듭되던 교정 작업에서 나는 무얼 했단 말인가. 작은 활자에만 매달리느라 큰 활자를 비켜간 것일까. 그랬을 것이다. 작은 것에 얽매어 큰 것을 놓치는 어리석음은 그 이후로도 평생을 사는 동안 수도 없이 반복되었으니까.

활자를 뽑아 심던 식자공植字工은 대체 시인 조지훈도 모른단 말인가. 내용에 마음씀 없이 기계적으로 활자를 다루는 그들에게 당치 않은 원망인 줄 알면서도, 활자를 잘못 뽑은 그들이 너무 야속했다. 어찌할 것인가. 높으신 스승께 지울 수 없는 낭패를 안겨드린 견딜 수 없는 이 실수를. '지당芝黨'이라는 오자는 꼼짝 없이 역사의 수레에 실려 내 손을 떠나고 말았다. 일을 저지른 죄인은 차마 선생님 앞에 나타날 수 없고, 죄 없는 편집국장 선배가 선생님을 찾아뵙고 백배 사죄하러 나섰다. 신문을 들고 성북동 지훈 선생님 댁을 다녀온 선배는 가기 전의 옹색하던 모습과는 딴 얼굴로 돌아왔다. 정작 선생님을 방문했던 용건을 잊어버리고 온 사람 같았다. 나는 그저 어려운 고비를 넘긴 안도감에 젖어, 내가 받은 면죄부 속에 들어 있는 선생님의 심중을 헤아리지 못했었다.

지훈 선생님을 처음 뵌 것은 1학년 교양국어 시간이었다. 여고 시절 교과서에서 낯익힌 「승무僧舞」를 떠올리며 강의실을 찾았다. 열변이 아니면서 교실을 압도하는 바리톤 음성, 창백한 얼굴을 반쯤 덮은 굵은 검은테 안경 너머의 거인적 풍모는 「승무」에서 느끼던 적요寂寥의 이미지가 아니었다. 문과대학생이 아니던 나는 선생님의 교양국어를 아쉽게도 한 학기의 학점으로 마쳐야 했다. 그 후 학교 신문사에 입사하면서 기자 신분으로 선생님을 몇 번 더 뵌 것이 전부였다. 선생님은 그로부터 겨우 6년을 더 이승에 머무시다가 애석하게도 48년의 짧디짧은 생애를 마치셨다.

내가 진실로 선생님의 내면을 만나게 된 것은 그로부터 오랜 세월이 흐른 후 나이 지천명을 넘어 수필문학의 갯벌에 발이 닿고부터였다. 돌이킬 수 없는 실수로 스승의 이름 글자를 상처냈던 제자는 이제야 선생님의 수필작품들을 정독하면서 남다른 감회에 젖는다. '백지면죄부'의 의미를 이제야 한 글자 한 글자 짚어보는 것이다.

"지구가 태양의 둘레를 한 바퀴 도는 것을 1년이라고 한다지만 그 1년의 첫날이야 누가 아는가. 삼백예순 날의 어느 날이 첫날 아닌 날이 있는가. 그것은 사람이 작정하고 이름 짓는 데에 매일 따름이다. 아닌 게 아니라 고대의 중국사를 보면 왕조가 바뀔 때마다 정월이 달라졌었다. 천체의 운행은 만고에 변함이 없는데 날과 달의 이름이나 한 해의 수미首尾만이 변하는 것이다. 이게 모두 사람의 행위다."(「원단 유감元旦 有感」)

오자로 얼룩진 신문을 들고 성북동 댁을 방문한 편집국장 제자에게 막걸리잔을 권하며, 4·19혁명 후 돌아가는 시국을 한탄하신 선생님의 모습을 떠올려본다. 당시 정치인들은 학생들의 혁명을 자기들이 쟁취한 전리품인 양, 자신의 이름 석 자 새겨넣을 틈새 찾기에 여념이 없을 때였다. 예나 지금이나 동물이 정글에서 먹이를 구하듯, 사람도 세상에서 쥐꼬리만 한 이름값을 얻기 위해 그렇게 동분서주하는 것인지 모른다. 학생기자의 실수로 당신의 이름 글자가 잘못 찍힌 학교신문을 그날 선생님은 짐짓 대화에서 밀어내셨을 것이다.

지훈 선생님의 정신세계에서 '이름'은 그리 대단한 것이 아니었다. 이름이 붙기 전 '태허太虛'의 세계를 선생님은 '멋'이라고 불렀다. "멋, 그것을 어떤 이는 도道라 하고 일물一物이라 하고 일심一心이라 하고 대중이 없다. 우주를 자적自適하면 우주는 멋이었다. 우주에 회의하면 우주는 슬픈 속俗이었다. 태초에 말씀이 있은 것이 아니라 태초에 멋이 있었다."

스승의 오도송을 새기며, 이름이 생기기 전 아득한 태허의 멋을 그려본다. 태초는 먼 곳에 있지 않다. 바로 지금 이곳에서 눈과 귀를 닫고 판단을 중지하면 태초를 만날 수 있다고 했다. 스승의 이름을 잘못 표기한 제자가 허물을 벗을 수 있는 구원의 도피처도 그곳인가 한다.

# 아주 오래된 기억

6월의 산등성이가 몽실몽실 초록빛 살이 올랐다. 계곡에 흐르는 야트막한 물은 유리같이 투명하다. 크고 작은 바위들을 돌고 돌아 물소리가 콸콸콸 제법 힘차다. 물소리는 언제 들어도 마음이 편안하다. 나이아가라의 폭포 소리도 소음이 아니거늘, 계곡의 청량한 물소리임에랴. 아스팔트만 걷던 다리가 오랜만에 나선 산행에 놀란 듯 좀 쉬어가잔다. 바위에 걸터앉아 주위를 둘러보는데 난데없이 금속판 팻말 하나가 눈을 멈추게 한다. 인쇄체로 '무속행위 금지'라고 시꺼멓게 쓰인 팻말이다.

자연과 어울리지 않는 금속판도 그렇지만, '무속행위'의 의미를 조금도 고민한 흔적이 없다. 팻말 바로 옆에는 동굴처럼 속이 뻥 뚫린 덩치 큰 바위가 자리잡고 있다. 궁금해서 머리를 들이밀었다. 오늘 새벽에도 누군가 촛불을 켜놓고 기도를 했거나 명상삼매에 빠졌던 흔적이 역력하다. 바로 '무속행위'의 동굴이리라. 산불을 걱정하는 산림청은 경고판에 '산불조심'이라고 썼으면 더 좋았을 걸 그랬다.

단청한 대웅전이나 높다란 뾰족탑의 예배당에서 기도하면 종교이고, 자연 속의 동굴에서 기도하면 무속인가. 산불조심은 산림청의 업무일 터지만, 무속행위라는 표제어를 입에 올리는 일은 산림청이 할 일이 아닐 듯하다. 겉모습 때문에 본질을 놓치는 관습적 시각은 누구에게나 있게 마련이지만, 국가의 안목은 개인보다는 더 넓고 높아야 하지 않았을까. 종교에 대하여, 인간에 대하여 국가가 좀 더 깊이 있게 고민했으면 얼마나 좋았을까 아쉬움을 달래지 못하던 산행이었다. 백성의 마음 밑바닥에 살아 있는 토속신앙은 경고판 팻말 하나로 처리할 수 있을 만큼 물리적인 것이 아니라는 것을 국가가 모른대서야.

나라를 잃었던 암울한 시대에 어린 시절을 보낸 우리 세대는 변변한 장난감을 가져본 기억이 없다. 어머니가 외출할 때 벗어놓은 헌 치마저고리를 주워 입고 치렁치렁 치맛자락을 방바닥에 끌며 어머니 흉내를 내던 네다섯 살 때의 기억이 내가 갖고 있는 최초의 기억이다. 예나 지금이나 꼬마들의 소꿉장난은 어른들의 삶을 본 대로 들은 대로 재현하는 행위다. 빈 밥상 위에 무언가 올려놓고 엎드려 절하는 퍼포먼스는 혼자서도 싫증나지 않는 소꿉장난이었다.

어려서 어머니를 따라다닌 곳은 산속의 사찰도 아니고 도회지의 교회나 성당도 아니었다. 우리들 여러 남매가 수양모라고 부르는 만신의 집을 어머니는 꽤 자주 들락거리셨다. 소문난 무당도 아니고 역술가도 아니고 그저 찾아오는 단골들의 복락을 빌어주는 사제였다고나 할까. 치성드리는 날 독경을 외우는 그분 뒤에서 어머니는 한없이 절을 하고 또 했다. 어머니에겐 자식들의 건강과 집안의 탈 없기를 바라며 빌어야 할 사연이 얼마나 많았을까. 어머니의 치맛자락 옆에서 나도 절을 꾸뻑꾸뻑 같이했다. 어머니의 간절함이 소꿉장난이 아니었기에 옆에서 따라하는 나에게도 그 순간 무언가 느낌이 있었을 것이다. 어렴풋한 그때의 행복감은 어머니에 대한 무한신뢰에서 온 것 같다. 꼬마는 어머니의 몸속에 있을 때처럼 자기 자신의 삶에 대해서 아무것도 걱정할 필요가 없을 때였다.

그러나 광복 후 초중고등학교를 다니는 동안 교육이 나를 적지 않게 혼란에 빠트렸다. 어느 민족에게나 고유한 토속신앙은 있을 터인데, 어찌된 일인지 광복 후 그리고 한국전쟁의 혼란기를 겪은 후까지도 학교에서는 토속신앙, 무속, 미신 이 셋의 개념을 구별해서 가르쳐주지 않았다. 그랬을 것이다. 한국적 토속신앙을 미신이라며 업신여기던 일본이 패망하고 물러간 후 5년도 못되어 한국전쟁이 터졌다. 전쟁과 동시에 밀물처럼 들어온 서구문화의 중심에는 유일신을 믿는 기독교가 있었다. 한국인의 토속신앙은 종교의 이름을 챙겨볼 겨를도 없이 무속, 미신이라는 프레임으로 종교의 범주로부터 소외되는 꼴이 되었다.

일제시대 신여성들만이 다녔다는 여학교를 나오신 어머니가 왜 하필 미신 취급을 받는 변방의 신앙을 갖게 되었을까. 나만은 번듯한 이름을 가진 종교를 갖고 싶었다. 한때는 어느 젊은 작가의 책 속에서 알게 된 서울 근교 선원의 비구니 큰스님을 자주 찾았다. 깨달은 큰스님의 법문에 끌려 애인을 만나러 가듯 설레는 마음으로 번질나게 드나들다보니 제법 '귀명창'이 되었다. 감로수 같은 법문에 몸을 담그고 그 달콤함이 좋아 나오려 하지 않았다. 하지만 구도자들의 깨달음은 내 안에 들어와 마음밭에서 싹을 틔우지 못하고 야속하게도 알음앓이라는 새의 먹이가 되어 근기根機 없이 사라지기 일쑤였다. 귀가 뚫린다고 마음이 열리는 건 아니었다.

사람들은 불교를 이법理法종교, 기독교를 계시종교라고 구별한다. 불교든 기독교든, 종교의 전례의식이 어떻게 다르든 상관없이 신앙의 요체는 '마음' 아니겠는가. 경전의 문자나 계율이 '살 속의 마음'을 대신할 수 없음은 누구나 체험하며 살아간다. 아무리 생각해봐도 한국인의 토속신앙을 업신여기던 일제 교육에 세뇌되지 않은 여성은 오히려 어머니였다. 어머니의 신앙엔 경전도 없고 복음서도 없었으니 어머니는 종교인의 명찰을 달지 못했다. 어머니도 한 세대만 늦게 태어났더라면 나와 똑같이 이름 번듯한 종교와 종교의 울타리를 넘나들며 헛되이 알음앓이의 고생을 했을지 모른다.

우주 공간 어딘가에 존재할 이름 모를 초월자에게 기도하던 어머니의 마음을 느낄 때마다 버지니아 울프의 글이 떠오른다. 울프는 『자기만의 방』에서 이렇게 말했다. “아무리 공들여 쌓은 탑도 세월의 비바람에 언젠가는 소멸되게 마련이지만 탑이 소멸된 후에도 영원히 남는 것은 탑을 쌓은 정성된 마음이다. 오늘 하루의 삶도 모두 울타리 밖으로 흩어져 없어질 것이지만 영원 속에 남길 수 있는 단 한순간이라도 마음에 담을 수 있다면 얼마나 소중한 삶인가.”

계몽주의 작가 볼테르도 수없이 여러 번 신앙의 지성소를 옮겨 다녔다. 그때마다 “종교의 외형에 덕지덕지 박혀 있는 가소로운 관습들”이 눈에 보였기 때문이었다. 볼테르가 지금 ‘무속행위 금지’ 팻말 앞에 선다면 무어라 말할지 궁금하다. 종교의 명찰을 달지 못했던 어머니를 오래된 기억 속에서 선명하게 만나던 산행이었다.

# 욕망의 마지막 조건

자립하지 못한 막내의 나이를 셀 때마다 노모는 스스로를 돌아보며 인연법에 갇힌다. 독수리의 발을 너무 오래 묶어놓으면 나중에 풀어놓아도 날갯짓이 서투르다는 이치를 차라리 동물의 어미들은 본능으로 알고 있었으리. 간섭이라는 과잉보호는 만물의 영장 인간만이 저지르는 오지랖의 탐욕이다.

심리학자 에리히 프롬의 저서 『사랑의 기술』은 그의 또 다른 저서 『소유냐 존재냐』의 해설서라고 해도 좋을 것이다. 프롬은 자식의 자아실현을 어머니 자신의 자기실현과 동일시하는 공서적共棲的 애착은 사랑이 아니라 '이기주의의 확대'라고 진단했다. 분석심리학이 어머니의 사랑을 해체해서 확대된 이기주의라는 숨겨진 아킬레스건을 콕 집어내긴 했지만, 치유를 위한 봉합의 묘수는 심리학이라는 임상에서 찾지 못했다.

치유는 역시 '성숙한 사랑'이라는 인간학의 보편으로 넘어가야 했다. "사랑은 대상에 의해서 결정되는 것이 아니라 사랑하는 사람이 갖고 있는 세계 전체를 향한 정서다. 한 사람을 진정으로 사랑한다면 그 사람을 통해 모든 사람을, 전 세계를 그리고 나 자신을 사랑하는 것이다." 소유적 사랑을 경계한 존재적 사랑의 전형이다. 사랑의 기술이다.

역사 속에는 '고백록'을 남기고 떠난 사람이 적지 않다. 그 중에서도 1,600여 년 전에 쓰여진 성 어거스틴의『고백록』이 가장 많이 읽히는 이유는 회심 전 성자의 인생역정이 속인의 삶을 능가할 만큼 자유분방했다는 사실도 있겠지만, 세상에 알려진 대로 어머니 모니카의 고통을 통한 자식 사랑도 빼놓을 수 없을 것이다. 20대의 어거스틴은 북아프리카의 카르타고에서 성장하며 수사학修辭學 등 다방면의 지적 호기심을 불태우던 분방한 청년이었다.

그는 신실한 기독교 신자인 어머니의 소망을 물리치고 마니교에 빠져 고삐 풀린 말처럼 파격을 일삼는 아들이었다. 자신의 파멸을 사랑하는 반항아였다고 할까. 아들의 멸망을 지켜보아야 했던 어머니는 주교님에게 아들을 불러 깨우치고 인도해달라고 애원했다. 주교님은 모니카의 간청에 이렇게 대답한다. "아직은 진리를 가르쳐주어도 소용없소. 그를 그냥 내버려두고 그를 위해 기도나 하시오. 당신이 살아 있는 한 이런 눈물의 자식이 망하는 일은 없을 것이오!" 주교로부터 받은 위로가 현실이 되기까지는 시간이 필요했다.

카르타고에서 수사학 교사를 하던 어거스틴이 더 넓은 세상 로마로 떠나려고 마음먹은 것은 29세 때였다. 어머니 모니카는 아들을 보내고 싶지 않았다. "정 가려거든 나도 같이 가자"며 막무가내로 아들을 놓아주지 않던 모니카도 얼핏 보기에는 지독한 공서적 애착의 주인공이었다. 다른 점이 있다면 어거스틴이 훗날 회고한 대로 어머니의 자식에 대한 불안과 두려움 속에는 경건함과 거룩함이 숨쉬고 있었다. 자식을 통한 어머니 자신의 기쁨이 아니라 온전히 자식을 위해 봉헌하는 순수영혼을 그렇게 표현한 것 아닐까 추측해본다.

아들은 만류하는 어머니를 용케 따돌리고 불효의 아픔을 뒤로 한 채 도망치다시피 카르타고를 탈출했다. 어머니도 아들도 그 출항이 하느님이 계획하신 성자의 길로 들어서게 되는 뱃길이 될 줄 몰랐다. 로마를 거쳐 밀라노에서 수사학을 가르치던 어거스틴이 그곳에서 암브로시우스 주교를 만난 것은 운명이었다. 수사학의 달인 어거스틴은 처음 주교의 설교를 들을 때를 이렇게 회고했다.

"나는 그의 어법語法에 집중한 나머지 그가 말하는 주제에 대해서는 무지하기도 했고 경멸하기도 했다. 구원을 위해서 주님께 항복하느니 멸망하더라도 주님을 내 안에서 패배시키려 했다."

어거스틴은 주님을 패배시키려는 무기를 자신 안에 소유하고 있다고 믿었을지 모른다. 지적 욕구가 남다르게 호방하던 그는 청소년 시절부터 이미 키케로, 플라톤 등의 철학에 심취하여 나름 인간 존재에 대한 지식을 축적해가고 있었다. "문자로 된 지식이 아니라, 마음에서 솟아나는 영혼이 사람을 살린다"는 암브로시우스 주교를 인간적으로도 좋아하게 되면서 밀라노의 어거스틴은 자신도 모르는 사이 차츰 구원의 길로 들어서고 있었다.

## 끝나지 않은 출산의 고통

그러나 '돌팔이 의사에게 당한 경험이 있는 사람이 명의에게도 자신의 몸을 맡기려 하지 않듯' 마니교에 묶여 있던 상처가 기독교의 문턱에서 여전히 어거스틴을 머뭇거리게 했다. 어머니 모니카가 위험한 지중해 뱃길을 무릅쓰고 밀라노로 아들을 찾아온 것이 이때쯤이었다. "내가 세상을 떠나기 전에 네가 세례를 받고 기독교인이 되리라고 믿고 있다"는 어머니의 믿음대로 이때 어거스틴은 기독교 교회사에 기록될 만한 회심을 경험한다. 밀라노에 정착한 지 2년 만이었다. 그의 나이 32세였다.

회심은 잘못을 뉘우치는 회개를 넘어 존재의 세계로 진입할 때 일어나는 불가역不可逆의 자기 변화가 아닐까 짐작된다. 어머니 모니카가 카르타고의 주교로부터 "눈물의 자식이 망하는 법은 없을 것"이라는 위로를 받은 지 10년 후의 일이었다. 한 인간의 자기 혁신에 걸리는 시간은 정해져 있지 않다. 돈오頓悟의 회심처럼 보이는 자기 변화지만, 보이지 않는 인드라망의 처음 바늘땀이 언제 시작되었는지 인간은 알지 못한다.

자나 깨나 막내의 앞날을 근심하며 살아오기 어언 10년이다. 사람 없는 한적한 길을 걸을 때는, 가슴을 짓누르는 돌덩이가 산산이 부서지면서 펑펑 오열이 터져나왔다. 원하는 것을 소유하지 못하는 어린아이의 눈물과 다른 것이 있는지 내 안을 들여다볼 겨를이 없었다. 자식의 장래가 어떠어떠하기를 바라는 어머니의 탐욕은 자식의 자율성이라는 멘탈의 급소에 상처를 낼 뿐이라는 것을 수없이 경험했다. 그때마다 몽매한 어미의 탐욕은 무안을 당하면서도 부끄러움을 몰랐다. 10년이라는 세월 자식을 위해 기도하던 어머니 모니카의 눈물을 모르는 사람이 어디 있겠는가. 어머니 모니카가 오랜 세월 고통 속에서 아들에 대한 욕망을 겸손되이 내려놓을 때까지 하느님이 기다려주셨다는 것을 몰랐을 뿐이다.

『고백록』은 어거스틴이 사제가 된 후 40대 중반에 저술한 영적 수기다. 어머니 모니카가 하느님 품으로 떠난 지 7~8년 후에 나온 책이다. 어거스틴이 가장 힘들었던 것은 욕망의 절제였다. "욕망을 절제하는 것이 인간의 노력으로 가능하다고 믿었던 것은 나의 어리석음이었다. 하느님이 허락하지 않으면 아무도 욕망을 절제할 수 없다"는 사제의 고백 속에서 사제의 어머니 모니카의 삶을 생각하게 된다.

어거스틴은 자신의 영성수련을 통해 절제로 가는 고통의 길에서 어머니 모니카를 이렇게 회상했다. "나를 죽음으로 이끌어가는 운명의 쇠사슬이 철커덕거리는 소리에 귀가 먹을 지경이었을 때, 내 영혼의 교만을 막지 않고 침묵하신 주님. 아니다. 침묵하신 것이 아니다. 주님은 어머니를 통해 육신으로 나를 낳아 시간의 빛 속으로 들어오게 했듯, 마음으로 나를 낳아 영원의 빛 속으로 들어가게 했다. 어머니는 내 육신을 낳을 때의 고통과 비교할 수 없는 큰 고통을 나를 영적으로 낳으면서 견디어야 했다." 모니카가 견디어낸 영적 산고産苦는 다름 아닌 자식에 대한 탐욕을 소멸하는 고통이었을 것이다.

자식들을 위해 정화수 한 그릇 앞에서 정精과 성誠을 다해 천지신명께 빌던 내 어머니의 모습을 기억할 때마다, 어미인 나의 자화상이 어머니의 모습과 겹쳐지지 않는다. 어머니는 인간의 존엄, 인간의 자율성 같은 관념어를 입에 올린 적이 없다. 인생의 청사진을 이렇게 저렇게 그리라고 자식에게 훈수둔 적도, 조바심한 적도 없다. 인생의 원형이정元亨利貞이 청사진대로 방향을 잡는 것이 아니라는 것을 본능적으로 알고 있던 어머니를 가진 나는 분명 내 아들보다 행복한 자식이었다.

한국전쟁 이후 먹고사는 생존의 위협 속에서도 자식들을 제도교육의 울타리 안에서 지켜내느라 불침의 촉수로 깨어 있던 부모님이었지만, 자식이 달리는 도로에 결코 직접 뛰어든 페이스메이커인 적이 없었다. 내 어머니에게 자식의 장래는 어머니의 손안에서 정해지는 욕망의 대상이 아니었다.

내가 기억하는 어머니들의 초상 앞에서, 그분들이 겪었던 영적 출산의 고통을 더듬어본다. 생명의 태어남은 정녕 천상의 영역임을 체험하며 살아간다.

# 여명黎明의 아우라

억울함을 호소하는 후배의 전화 목소리가 전에 없이 톤이 높다. 자신을 억울하게 한 사람이 누구인지 끝까지 이름을 거명하지 않는 후배에게 나도 '그게 누군데?'라고 묻지 않았다. 그게 누구인지 내가 넉넉히 짐작할 수 있으리라는 것을 후배도 잘 알고 있었을 것이다. 수십 년이 지난 오늘까지 그 '누구'의 이름은 용케도 익명으로 남아 있다. 후배의 성숙한 삶을 지켜볼 때마다 언어의 '빈자리'를 생각하게 된다.

『논어』에 이런 대목이 나온다. 방문객이 공자 뵙기를 청하였는데 공자께서는 병을 핑계로 만나주지 않았다. 손님이 아직 밖에 있음을 알고 있던 공자는 비파를 켜며 자기가 방문객을 만나주지 않은 것은 병 때문이 아님을 알게 했다. 이보다 더 드라마틱한 장면도 우리는 알고 있다. 예수님과 제자들이 함께 앉은 최후의 만찬장이다. "너희 중에 한 사람이 나를 팔아넘길 것이다"라는 스승의 말씀에 열두 제자는 몹시 근심하며 저마다 "주님, 저는 아니겠지요?"라고 물었다. "나와 함께 대접에 손을 넣어 빵을 적시는 자, 그자가 나를 팔아넘길 것이다."

만나고 싶지 않은 방문객을 말로써 거절하지 않은 공자의 뜬금없는 비파 소리, 배신자를 말로써 파문하지 않고 같은 대접에 손을 넣어 빵을 적시던 예수님의 몸짓, 모두 언어가 아니면서 언어와 비교할 수 없는 소통의 괴력을 느끼게 한다. 명료한 언어를 포기하고 애매하게 우회로를 돌아가는 표현들이 답답하게 느껴지던 젊은 날들이 있었다. 선사禪師의 묵언默言까지는 아니더라도, 언어의 음량이 조용할수록 마음의 공명이 크다는 반비례의 비밀을 알아차리기까지 짧지 않은 세월이 걸렸다. 보일 듯 말 듯 모호한 표현이 왜 더 울림이 큰 것일까.

우주에서 태어나 우주 속을 살다가 우주로 떠나는 인간이라는 피조물은 얼마나 엄청난 신비의 존재인가. 우주적 신비의 존재 인간에 비해, 인간이 만들어 사용하는 언어는 인간을 표현하기에 너무 부족하다. 그런데 오히려 인간을 불행하게 만드는 것은 언어의 부족함보다는 언어의 지나침이다. 목적을 위한 거짓언어는 항상 지나치게 덩치가 크게 마련이다. 무명의 출판사로부터 번역 부탁을 받은 책 한 권이 있었다. 히틀러 집권 10여 년 동안 독재자 밑에서 선전부 장관을 지낸 괴벨스는 히틀러의 하수인 중 보기 드물게 대학에서 문학을 전공한 문학박사 지성인이었다. 괴벨스의 전기 『악마의 대변자』를 꼼꼼히 읽으면서 알게 된 것은 대중을 호도하는 거짓 선동의 화술일수록 덩치 크고 명료한 언어로 짜여 있다는 것이었다.

괴벨스의 전기를 쓴 작가 리쓰의 말대로, 세상에 존재하는 제아무리 높은 교수대라도 히틀러를 정죄하기에 부족하지만, '악마의 대변자' 괴벨스의 선동이 없었다면 히틀러가 독일 국민에게 그토록 가까이 다가갈 수 없었을 것이고, 독일 국민은 그토록 어처구니없는 우중愚衆으로 전락하지는 않았을 것이다. 개인의 삶을 넘어 국가 전체를, 한 시대의 인류를 불행에 빠트린 패악이 프로파간다라는 언어에서 시작되었다는 사실은 설명될 수 없는 인류 역사의 운명이었다. 괴벨스의 언어 마술이 국민에게 먹혀들지 않았다면 우선 나치당이 다수당이 되는 것부터 불가능했을 것이라고 했다.

국민을 최면에 빠지게 한 괴벨스의 선동은 동물의 왕국에서 날쎈 사자가 순한 얼룩말을 잡아먹는 장면을 연상케 했다. 국가라는 집단의 선동에 세뇌되어 덫에 걸리면 백성은 꼼짝없이 선동가의 먹이가 되어버린다. 괴벨스의 선동은 홍보도 아니고 선전도 아니고 글자 그대로 마술이었다. 마술에 걸린 국민의 열광적 환호는 다시 히틀러를 열광시켰고, 히틀러는 자신이 정말로 정의로운 일을 하고 있다고 믿는 착란에 빠졌으니, 이 모두가 문학박사 괴벨스의 언어가 만들어낸 최면의 효과였다.

제2차 세계대전이라는 인류의 비극은 히틀러 자신이 아니라, 언어의 마술사 괴벨스가 주인공이었다는 전기작가의 말은 맞다. 괴벨스는 자신의 일기장에서 '집단을 세뇌하는 것은 개인을 세뇌하는 것보다 쉽다'고 호언했다. 그의 호언은 정확한 체험에서 나왔다. 그의 선동 언어는 물극필반物極必反의 예정된 시간이 올 때까지 하늘을 찌를 듯, 지축을 울리는 듯 등등했다. 결국 괴벨스 자신도 마법을 불러 재주를 부리다가 마법을 풀지 못하고 희생된 마법사가 되어버렸다. 몸집이 비대한 뒤틀린 언어가 갈 데까지 간 종착이었다. 연합군이 베를린에 입성하는 순간 수상 관저 지하 벙커에서 자살로 최후를 마친 히틀러와 마지막 순간까지 함께 있던 사람은 자살 직전 결혼 선서를 한 히틀러의 여인 에바 브라운, 그리고 괴벨스와 괴벨스의 가족이었다.

1989년 정말 '도둑같이 찾아온' 독일통일의 순간 브란덴부르크 광장에 운집한 군중을 향해 지금은 고인이 된 노벨문학상 수상작가 귄터 그라스는 "여러분, 우리는 이 순간 아우슈비츠를 잊어서는 안 됩니다"라고 뜨거운 가슴으로 외쳤다. 통일 후에도 독일과 그 나라의 지성들은 형식에 얽매이지 않고 기회 있을 때마다 세계를 향해 사죄를 거듭하고 있다. 아우슈비츠의 유대인 수용소를 찾은 메르켈 총리는 '영원히 끝나지 않을 독일인의 책임'이라고 통회했다.

선동가의 언어를 속아서 받아먹은 독일 국민의 깊은 상처는 아무리 세월이 흘러도 '영원히' 아물 수 없음을 고백한 것이다. 영원히 용서받지 못할 아우슈비츠의 나치만행은 아무리 사죄를 거듭해도 치유 불가능한 죄악이라는 의미일 것이다. 괴벨스가 독일 국민에게 던진 프로파간다는 문법이나 문장 그 어느 것 하나 허술함도 빈틈도 없었다. 진실의 속살을 감추기 위한 선동 언어의 끔찍한 해일이었다.

화가가 붓칠하지 않은 동양화의 여백은 붓칠한 부분이 표현하지 못한 무한의 이미지를 품고 있다. 사노라니 경전 속의 글자보다는 글자와 글자 사이의 행간에서 머무는 시간이 길어진다. 안타까운 것은 내 자신의 언어로 표현하는 창작의 원고지 앞에서다. 행간을 넓히는 일은 활자의 몸집을 줄이는 창작의 묘가 아님을 알게 된다. 행간의 넓이는 정신의 넓이에 비례할 뿐이다.

"작품에서 광채가 나는 부분은 오직 희미한 여명이 지배하고 있는 곳뿐"이라는 어느 작가의 내공이 언제쯤 나에게도 여명의 빛을 허락할는지.

# 짝사랑의 뒷이야기

봄만 되면 초등학교 교문 앞에 노점상들이 모여들던 때가 있었다. 꽃나무며 금붕어, 병아리 등 어린이들의 눈길을 끄는 갖가지 생명들을 좌판에 펼쳐놓고 아이들의 마음을 들뜨게 하는 봄이었다. 컴퓨터의 가상공간에서 게임에 열중하는 요즘 아이들에겐 너무 낯선 옛날의 교문 앞 풍경이었다.

3학년짜리 막내가 이른 봄 어느 날 하학길에 삐악삐악거리는 노란 병아리 두 마리를 들고 들어왔다. 아이는 조그만 상자에 헝겊을 깔고 병아리집을 마련해 양지바른 쪽에 두고 아침저녁 들여다보며 모이를 준다. 병아리가 나날이 살이 오르니 상자가 작아져 큰 것으로 바꿔가며 생명에 몰입하는 아이를 보면서 나는 시간이 흐를수록 두려워졌다. 도대체 이 닭을 이렇게 키우다가 어떻게 한단 말인가. 아이의 기쁨을 모르지 않으면서도 진심으로 아이를 설득해서 너무 늦기 전에 지인에게 넘겨줄 수 있었다.

외출할 때 갈무리를 잊었던 난蘭 화분의 안부에 마음이 쓰여 어쩔 수 없이 남에게 내주고 나니 홀가분하더라는 법정 스님의 「무소유」가 떠올랐다. 소유를 포기하고 인연을 끊을 수 있는 대상이면 그래도 다행이다. 포기할 수 없는 인연 중에 가장 고통스런 인연은 사람과의 인연일 터다.

중국의 현대작가 저우쭤런周作人의 수필 중에 「첫사랑」이 있다. 그의 친형인 루쉰魯迅, 周樹人의 작품이 이지적이고 날카로운 데 비해 동생의 글은 소박하고 담백한 면에서 형을 능가한다고 말들 한다. "나는 그녀와 말 한마디 건네본 일이 없었다. 그녀의 화사한 빛에 가리어 도시 눈을 치켜뜨고 그녀를 뜯어볼 수 없었다. 그런데도 그녀는 내게 난생 처음 성을 느끼게 했던 최초의 이성이었고, 그 감정은 내가 나 아닌 남에게 관심을 가졌던 최초의 일이었다." 어느 날 작가는 이토록 순정을 품었던 그녀가 콜레라로 세상을 떠났다는 부음을 아주 우연히 듣게 된다.

"몹시 슬펐다. 그러나 묘한 것은 오히려 마음이 안정을 찾게 된 것이다. 마음속에 있던 커다란 돌덩이 하나를 내려놓은 것 같았다."

작가의 '묘한' 마음속에 있던 그 커다란 돌덩이의 모양이 어떻게 생겼을까 궁금했다. 애모하던 연인이 꽃다운 나이에 세상을 떠났다는 소식을 듣고 마음이 안정을 찾았다니 모를 일이었다. 절절한 짝사랑의 아픔을 느껴본 적 없는 나에겐 가슴에서 돌덩이 하나를 내려놓았다는 작가의 고백이 줄곧 내려놓을 수 없는 여운을 남겼다.

보고 싶고 만나고 싶어도 만날 수 없는 한국전쟁의 이산가족들은 짝사랑의 가슴앓이가 어떤 것인지 몸으로 체험하며 살아왔을 것이다. 월북한 아버지를 중국에서 만나게 해주겠다는 브로커의 약속을 믿고 기대를 안고 출국했다가 헛걸음으로 돌아온 이산가족의 슬픈 사연을 들은 적이 있다. 브로커가 약속했던 날짜에 이미 아버지는 이 세상에 계시지 않았음을 나중에야 확인한 그는 아버지의 부음을 듣는 순간 "이젠 놓여났다"는 마음이 들었다고 담담하게 털어놓았다. 비애만도 아니고 평화도 아닌 그의 표정에서 먹먹한 연민을 느꼈던 기억이 있다. 이념의 갈등으로 월북하여 베일에 가려졌던 아버지의 존재는 아들의 전 생애를 통해서 무거운, 너무나 무거운 돌덩이였을 것이다.

욕망하면서 손이 닿지 않는 사랑이 짝사랑이다. 첫사랑의 연인에 대한 속절없는 그리움도, 국토의 분단으로 오도가도 못하는 살붙이에 대한 절절한 그리움도 대상이 소멸될 때에야 비로소 구원을 얻을 수 있음이다. 원하는 만큼 사랑할 수 없고 사랑받을 수 없는 상실감은 대상이 이 세상에 존재하는 한, 나를 사랑의 고통으로부터 놓아주지 않는다. 사랑하던 대상이 지상에서 사라지는 순간 고통이 극에 달하는 것이 아니라, 오히려 고통으로부터 해방되는 역설을 어떻게 설명할 수 있을까.

'처음'을 의미하는 글자 '초初'는 하필이면 옷衣과 칼刀의 합성이다. 만물의 시작은 일점 근원에서 출발한 것이 아니라 이미 처음부터 나뉘어 있는 상태에서 시작되었다는 의미인가. 태초의 이중성이 우주의 도道라면 가장 우주적인 존재는 바로 인간이다. 하나의 인간 속에 지킬 박사와 하이드가 동시에 살고 있지 않은가. 왜 어떤 때는 하이드가 되고 어떤 때는 지킬 박사가 되는지. 시시각각 변하는 인간의 마음은 지금 이 순간 내가 처해 있는 심리적, 물리적 상황의 결과물이다. 상황에 따라 지킬 박사가 되었다가 하이드가 되었다가 종잡을 수 없다.

채워지지 않은 짝사랑도 한 가닥 실낱 같은 소망을 걸고 있는 동안은 "그녀의 화사한 빛에 가리어 도시 눈을 치켜뜨고 그녀를 뜯어볼 수 없을 만큼" 가슴 설레건만, 인연이 완벽하게 소멸되고 나니 '슬픔 속에서도 안정을 찾으며 가슴에서 돌덩이를 내려놓는 묘한 마음'이 들었다지 않나. 모두가 자신으로부터 뻗어나간 인연줄의 생성과 소멸이다.

모든 인연 중에 가장 운명적인 인연은 사람의 몸뚱어리를 받아 이 세상에 던져진 태어남의 인연일 터다. 자연은 회전하는 지구 위의 모든 승객을 주행시간이 다 되면 새 손님으로 갈아 태워야 운행이 가능하다. 그것을 모르지 않는 여행객들이기에, 지상을 짝사랑하는 승객들은 자연의 눈치를 살피며 좀 더 오랜 인연을 유지하려고 무진 애를 쓴다. 상황에 따라 소멸되는 짝사랑 인연의 돌덩이보다 훨씬 더 무거운 돌덩이다.

짝사랑은 혼자만 사랑하는 애절함이다. 자연도 나를 사랑하고 나도 자연을 사랑할 때 가장 보기 좋은 아름다운 사랑이 이루어진다. 이때의 사랑을 사랑이라고 부르지 않고 법열法悅이라고 불러도 좋을 것 같다. 지상에 머무는 시간의 길고 짧음이 사랑의 조건은 아닐 터인데….

# 생명과 욕망 사이

축구선수 박지성이 영국에서 뛰던 시절 동네 세탁소엘 들렀다. "유명인으로 살아가는 기분이 어떠냐"고 묻는 세탁소 주인의 질문에 "조금 불편하긴 하지만 나쁘지는 않다"고 가볍게 대답하며 세탁물을 받아들고 사라진다.

이번엔 영국에 가 있는 한국인 기자와의 인터뷰 장면이다. 영국인 세탁소 주인에게 대답한 가벼운 제스처보다 훨씬 진지하다. "저는요, 정말 축구는 잘하고 싶은데 유명해지는 건 싫거든요. 그러니까 아이러니지요."

누구나 유명인이 되면 말과 행동에 어느 정도의 제약을 받긴 하지만, 유명해지기 싫고 오직 축구만 잘하고 싶다는 박지성의 호소는 단지 유명인이 치러야 하는 세상 속에서의 불편 때문이 아님을 직감할 수 있었다. 느낌은 언어 이상의 소통력을 가질 때가 많다. 박지성이 누구보다 세상으로부터 사랑받는 스타가 된 데에는 그의 축구 실력 말고도 이렇게 느낌으로 소통되는 꾸밈 없는 인간적 풍모가 더해졌기 때문일 것이다.

축구만 잘하고 싶고 유명해지는 것이 싫다는 박지성. 축구선수로서 생명의 불꽃을 태우는 데에는 세인의 박수 소리가 필요한 것이 아니라 축구 자체에서 얻는 최상의 기쁨이면 족하다는 박지성. 축구선수 박지성의 축구사랑은 예술가의 가슴에서 숨쉬는 예술혼과 다르지 않을 것 같았다. "진정으로 위대한 재능을 지닌 작가는 창작과정 자체에서 최상의 기쁨을 누린다. 재능이 부족한 사람일수록 예술 자체보다는 작품이 완성된 후에 얻게 될 이익을 염두에 두지만 그런 세속적인 목적으로는 결코 위대한 것을 이룰 수 없다"는 어느 문호의 문학인생과 축구선수 박지성의 축구인생을 만나면서 내가 누리는 글쓰기의 즐거움이라는 것을 생각하게 된다.

오케스트라를 지휘하다보면 '탐욕스런 소리를 내는 단원이 있다'는 한 지휘자의 말은 음악가가 아닌 모든 예술가들도 알아들을 수 있는 장면이다. 음악가에게 탐욕스런 소리가 있다면 화가에게도 탐욕스런 붓칠이 있고, 무용가에게도 탐욕스런 몸짓이 있을 것이다. 문학에도 탐욕스런 표현이 왜 없겠는가. 탐욕이란 '선업을 쌓지 않고 복을 바라는 마음'이라는 불가의 법문은 그대로 예술의 세계에서도 법문일 수 있다.

예술가의 선업은 타인을 위한 보시布施가 아니어도 된다. 예술가의 보시는 작품 속에 자연이라는 생명을 불어넣는 올곧은 헌신이면 족하다. '자연이 인간의 영혼을 거쳐나오면 예술이 된다'는 존재론만큼 예술의 본질을 통째로 드러내는 표현도 없을 것이다. 베이스에서 발을 떼는 순간 죽어버리는 야구선수처럼, 예술의 생명을 보증해주는 땅은 자연이다. 자연을 향한 예술가의 정직한 헌신 그것은 소유적 존재자의 습習을 털어내고 존재 회복으로 가는 미학의 여정이다.

독백이 아니라면 예술가의 작품창작은 외부와의 소통을 원한다. 공감의 목소리를 듣고 싶은 것이다. 소통과 공감의 몸통 속에는 작가의 '인정받고 싶은 욕구'가 생생하다. 심리학자의 말을 빌리지 않더라도 '인정받고 싶은 욕망은 인간의 원천적 욕망'이다. 예술가의 창작 에너지에 공속된 이 강열한 욕망을 자연이라고 불러야 할지 자연에 반하는 자기 집착의 탐욕이라고 해야 할지 자문할 때가 있었다. 이 원형적 욕망을 깊이 통회하는 작가를 만날 때 내 안에 웅츠리고 있던 의문도 재발한다.

고인이 된 최인호 작가가 투병 중에 하루에도 몇 번씩 외우면서 가슴 깊이 뜻을 새겼다는 시가 있다. 최민순 신부님의 「두메꽃」이다.

"외딸고 높은 산 골짜구니에/ 살고 싶어라/ 한 송이 꽃으로 살고 싶어라// 벌 나비 그림자 비치지 않는/ 첩첩 산 중에/ 값없는 꽃으로 살고 싶어라// 햇님만 내 님만 보신다면야/ 평생 이대로/ 숨어 숨어서 피고 싶어라."

두메꽃과 정반대의 삶을 살았다고 고백하던 최인호 작가의 칼럼은 그대로 신앙고백이었다. 읽는 이의 가슴에도 작가의 통회와 「두메꽃」의 영혼이 밀려들었다. 하지만 발뒤꿈치를 들고 오래 서 있을 수 없듯 안타깝게도 두메꽃이 독자의 가슴에 머무는 시간은 그리 오래 가지 못했다. 두메꽃의 고향은 본시 '외딸고 높은 산골짜기' 아니던가. 3차원의 지상에서 자아에 갇힌 중생이 늘 향수를 지니고 살아가는 곳이 외딸고 높은 산골짜기다. "모든 산꼭대기에는 고요가 있다"는 어느 현자의 잠언이 두메꽃의 오롯한 침묵을 더해준다.

외딸고 높은 산골짜기, 고요가 있는 산꼭대기를 그리워하는 실향민이 그래도 평원에서 향수를 목 축일 수 있는 곳이 있다면 탯줄이 잘리기 전 고향의 산천초목일 것이다. 은퇴 후 낙향의 꿈을 이루고 고향의 품에 안긴 남편의 전화다. 전화기에서 개구리 울음소리가 와글와글 전선을 타고 울려온다. 울 안의 논에서 울어대는 개구리들의 합창을 사랑방 툇마루에 앉아 혼자 듣기 아쉬웠던 모양이다. 며칠 후 나도 오랜만에 고향집 툇마루에 앉았다. 개구리들의 합창은 정말 대단했다.

노랫말도 없고 멜로디도 없이 목청껏 울어대는 개구리들의 합창은 아무리 우렁차도 소음이 아니었다. 밤의 정적을 깨는 훼방꾼도 아니었다. 생명이 뿜어내는 생의 찬가 그대로였다. 지휘자도 없고, 탐욕스런 연주자도 없는 개구리들의 합창은 남편에게 낙향의 원願을 불어넣은 진원이 되었을 법하다.

인간이 알몸으로 태어난 고향. 학문도 직업도 희망도 좌절도 그 어떤 운명도 시작되기 이전의 그곳이다. 세상을 사는 동안 자신의 몸에 비늘처럼 형성된 모든 후천後天의 문신들을 털어내고, 아무것도 소유하지 않은 처음 자신의 모습과 재회하기를 간절히 바라며 돌아가는 곳이 고향이다. 고향집 툇마루에 앉으면 '외딸고 높은 산골짜기에 숨어서 혼자 피는 두메꽃'을 조금 가까이에서 볼 수 있을까. 생명이 시키는 대로 목청을 다해 울어대는 개구리들의 합창 속에서 축구선수 '박지성의 아이러니'가 생각나는 밤이었다.

# 식영息影의 뜰

동틀 무렵 청량리역을 출발한 기차는 동해 바다에 어둠이 내려앉기 시작해야 종착역에 닿는다. 한국에서 가장 오래 걸리는 12시간의 주행길이었다. 열차 안에서는 이미자의 〈동백아가씨〉가 끝없이 흘러나왔다. 지금도 〈동백아가씨〉를 들으면 갓난쟁이를 품에 안은 열차 안의 내 모습이 함께 풀려나온다. 요즘은 KTX로 2시간도 안 걸리는 영동선이다. 세월의 무상함이 이에서 더할 수 있을까.

서른이 넘은 남편이 더 이상 배움의 길을 늦출 수 없어 서둘러 해외유학을 떠났고 아내는 홀로 백일이 채 안 된 갓난쟁이를 품에 안고 시댁으로 향했다. 일거수일투족을 조심해야 할 서울 며느리였다. 동네 친척 어른들은 밥솥에 불을 때는 나를 보며 서울에서 공부한 새댁이 불을 잘 땐다고 대견해했다. 사랑방 쇠여물솥에 불을 땔 때는 오롯이 나 홀로였다. 활활 타는 가랑잎 불빛 앞에서 탈주의 집념을 불태우던 시간이었다. 외국어 회화책을 한복 치마 허리춤에 숨기고 다니며 놓지 않았다.

내가 어릴 적부터 앓았던 떠남의 열병은 발딛고 서 있는 대지를 떠나려함 그것만은 아니었던 것 같다. 항상 어딘가로 떠나야 될 것 같은 방랑자의 서성댐, 항상 어딘가 잘못된 것 같은 가책의 느낌으로부터 자유로운 순간은 없었다. 그 조바심은 나를 아무 곳에도 정좌하지 못하게 했고, 늘 떠나는 사람의 혼돈 속에서 보이지 않는 다음 행선지를 애타게 그리워하게 했다. 그곳까지의 거리감에서 오는 대책 없는 공허감은 어른이 되어도 달라지지 않았다. 돌 지난 어린 것을 떼어놓고라도 남편이 나그네로 머물고 있는 유럽으로 떠나려는 역마살은 타고난 지병인 '거리감의 향수'에 기름을 부었다.

첫돌부터 초등학교 입학 때까지 애는 할머니를 엄마라고 부르며 엄마의 빈 자리를 못 본 척했겠지만, 빈자리는 해가 거듭될수록 안으로 넓어졌던지 할머니와 고추밭에서 고추를 따다가 하늘에 비행기만 지나가면 '엄마가 저 비행기 타고 오느냐'고 물었다고 한다. 원로작가 한 분이 남북분단의 아픔으로 어릴 적 헤어진 아버지를 기억할 수 없다고 했다. "나에게 아버지는 핏줄이 아니라 하나의 추상이었다"고 말하는 걸 들었다. 내 딸에게도 기억에 없는 엄마 아빠는 이미지를 그려볼 수 없는 견고한 추상이었을 것이다.

초등학교에 입학한 후에야 아이는 수유동 집에서 처음으로 엄마 아빠를 피부로 느끼며, 달라진 환경에 서툴지만 익숙해져가고 있었다. 짧지 않은 세월 분리의 통증을 안고 살던 이산가족이 한 지붕 밑에 살고 있는 것만으로도 더 바랄 것이 없거늘, 엄마는 불쑥 초라한 늙은 학생의 신분으로 되돌아갔다. 돌쟁이던 저를 젖몸살을 앓으며 떼어놓고 떠났던 엄마는 '추상'이었지만, 사춘기 때 온몸으로 느끼는 엄마의 사랑결핍은 순간순간 아주 구체적으로 나타났을 것이다.

외며느리의 빈자리도 그랬다. 조상님 제사, 부모님 생신 등 고향집 행사가 공교롭게 시험기간과 겹칠 때, 홀로 고향집으로 향하는 남편이 부모님께 얼마나 민망할지 눈에 선했다. 관습에 순응하지도 못하고 관습을 외면하지도 못하는 엉거주춤의 삶은 강산이 몇 번 변하는 세월이 흘렀건만 달라지지 않았으니, 천성을 바꾸는 일은 얼마나 어려운가. 돌이켜보면 긴긴 세월의 엉거주춤은 떠나지도 못하고 머물지도 못하는 자기 탈출의 무망한 몸짓이었다. 자신에로의 귀향에 성공하지 못한 보헤미안의 멈출 줄 모르는 표류였다.

귀향은 고향을 가진 사람의 축복이다. 학창시절부터 일찍이 고향을 떠나 외지로만 돌던 남편은 정년퇴임 후 드디어 낙향의 꿈을 이루고 자신의 어릴 적 꿈이 켜켜이 서려 있는 고향집에 둥지를 틀었다. 평생 달고 살던 지병도 고향의 품속에서 호전될 것이라는 소망과 함께 서울 집의 서재도 통째로 옮겨갔다. 낙향 후 고향집에서 살던 10여 년이 그의 생애 중 가장 행복했을 것이다. 그러나 세월은 누구에게도 특혜가 없었다. 남편은 다시 서울의 아파트로 주거를 옮겨야 했다. 무엇보다 의료기관의 접근성을 따라야 했다. 고향의 한옥은 빈집이 되었고 어쩌다 한번 들러보면 세포를 가진 생명체의 생로병사보다 더 빠른 속도로 쇠락해갔다. 모든 피조물은 무상하다지만, 지구의 자전과 공전의 속도를 앞지르는 변화의 속도가 당혹스러웠다.

결혼식을 마치고 폐백 드리러 시댁을 들어설 때, 대관령 기슭 송림 사이로 보이던 한옥의 기와지붕은 한 폭의 동양화 그대로였다. 노인이 된 새색시의 가슴에 아직도 선연한 그 지붕이 요즘 나를 잠 못이루게 한다. 세월의 풍상을 견디지 못한 사랑채 기와지붕이 누수되면서 근심이 시작되었다. 전문가의 말을 들어봐도 옛날로는 돌아갈 수 없는 지붕이다. 기와뿐인가. 사랑채 뒤뜰의 오죽림烏竹林은 담 밑으로 뿌리를 뻗어 안채 뒷곁 장독대 주위에 대나무 정글을 이루었다. 관리되지 않는 오죽은 아카시아나 다름없이 이렇게 볼품없는 나무가 되어버리는구나. 만신창이 앞에 망연자실이다.

사람이 살지 않는 집이 빠르게 망가진다는 말은 많이 들어왔지만 왜 그런지 이유를 설명해주는 사람은 없었다. 어느 신학자의 말이 잊히지 않는다. '아기는 엄마든, 타인이든 아무도 안아주지 않으면, 머지않아 생명을 부지할 수 없게 된다'는 것이다. 반신반의했었다. 집도 사람의 온기로 생명을 유지한다는 진실을 만들어진 전설쯤으로 생각하고 귀담아 듣지 않았었다. 온기를 불어넣지 못한 내 불찰은 말 못하는 기와지붕과 오죽에게만 그쳤을까. 인기척 없는 안마당에 홀로 서니, 되돌릴 수 없는 삶의 그림자가 나를 놓아주지 않는다. 내가 하는 대로 따라하는 그림자를 어찌 멈추라 하겠는가.

약관 때에 고향집을 떠난 남편이 평생 '지상의 나그네'라는 인생의 유한을 의식하지 못할 만큼 고향집은 그에게 영원 그 자체였다. 고향에서도 고향을 찾아 방황하며 탈주의 열병을 앓던 천형의 나그네까지도 내색 없이 품어주던 고향집이다. 아이들 4남매에겐 엄마의 바람 빠진 사랑을 채울 수 있는 할아버지 할머니가 계신 낙원이었다. 행복했던 순간을 떠올릴 때만큼 슬플 때는 없다고 했다. 이제 탈주의 그림자도, 귀향의 그림자도 쉬고 있는 식영息影의 뜰에는 고향집을 지켜보는 노송들의 그림자만 청청하다.

쇠락을 어찌 운명이라고 하겠는가. 이미 생명의 창조 때에 예정된 섭리인 것을. "섭리가 있다는 것을 알면서 왜 슬퍼하는가?" 세네카의 일갈이 섬광처럼 영혼의 어둠을 가른다.

# 쌍둥이 액자

햇빛 쨍쨍한 낮에 산책하며 걷는 것이 건강과 수면에 유익하다는 걸 모르지 않는다. 우물쭈물 몇 시간 지나면 날이 저물고 어두워질 텐데도, 하던 일을 멈추고 발딱 일어나지 못한다. 습성이다. 창밖에 어둠이 깔리면 산책을 포기하고 만다.

그날은 햇빛을 놓쳐버린 아쉬움의 강박이 어둠 속 산책길을 나서게 했다. 일 센티미터도 안 되는 보도블록의 어긋난 높낮이에 걸려 큰 대大 자로 엎어지는 순간 온 체중은 팔에 실려 돌바닥으로 내동댕이쳐졌다.

6주간의 오른팔 깁스를 풀고 나면 어지간히 회복되어 불편을 면할 줄 알았다. 뜻밖에 알게 된 것은 평소 몸에 대하여 내가 너무 무지했다는 점이다. 깁스로 제지당했던 세포의 변형된 습성이, 다치기 전의 원형으로 돌아가기를 집요하게 거부한다. 익숙해지는 것만큼 쉬운 것이 없고 낯설게 하기만큼 어려운 것도 없구나 싶었다.

칸트의 산책길이 시계보다 정확했다는 일화가 예사롭게 들리지 않는다. 어둠 속 산책에 나섰던 나는 낮과 밤이라는 천체의 운행조차 대단찮게 여겼던가. "내 머리 위에는 별들이 빛나는 하늘이 있고 내 가슴 속에는 도덕적 법칙이 있다." 칸트의 유명한 묘비명이다. 천상의 우주세계에서는 일월성신이 한 치의 오차도 없이 자기의 궤도를 돌고 있듯, 지상의 인간세계에도 영원불변하는 도덕질서가 있다는 것이다. 이 도덕법칙에 귀의할 때 비로소 인간은 '자유로운' 인간이 된다고 했다. 그러니까 칸트의 자유개념은 역설적으로 우주의 운행만큼이나 움직일 수 없는 '당위성'에서 나오는 것이었다.

철학가의 '도덕적 자유'를 음미할수록 '진리가 너희를 자유케 하리라'는 성경 구절을 생각나게 했다. 철학가 칸트의 이름은 우리에게 낯설지 않지만, 그의 묘비명은 세인이 쉽게 따라 부를 수 있는 시구詩句가 아니었다. 평소 철학가 칸트의 까다로운 글을 기피하는 문인은 나를 포함해서 아주 많을 것 같다. 문학이 왜 철학가 칸트를 가까이하기 꺼려하는지 하버드대학의 마이클 샌들 교수가 『정의란 무엇인가』에서 조금은 밝혀준 셈이다. 샌들 교수는 칸트의 자유개념이 까다롭다고 했다. 어렵다는 말 대신에 까다롭다고 한 것은 칸트철학의 '자유개념'이 세상에서 통용되는 경험적인 의미와 다르다는 뜻이었다.

샌들 교수의 통찰대로 칸트철학에서의 '도덕'은 경험주의에서 통용되는 공리주의적 덕목이 아니었다. 시간과 공간을 초월한 존재의 근원, 거기서만 누릴 수 있는 절대적 자유를 칸트는 '도덕적 자유'라고 불렀다. 그리로 가는, 아니 가야 하는 당위의 발걸음은 선택이 아니라 인간이면 누구나 무조건 따라야 하는 정언명령이며 인간에게 내재된 이성이 그 길을 가능하게 해준다는 것이다. 문학이 칸트를 경원하는 이유는 칸트의 자유개념 하나만으로도 설명될 수 있을 것 같았다.

칸트와 동시대인이던 괴테는 자신이 천성적으로 칸트와 비슷한 길을 걷는 데도 칸트가 자기를 한번도 주목하지 않았다고 서운함을 토로했다. 그러면서도 "근대철학자 중 가장 뛰어난 사람은 의심할 바 없이 칸트"라고 단언했다. 칸트는 인간의 정신으로 도달할 수 있는 한계를 알고 있었고, 해명할 수 없는 문제는 그냥 내버려두었다는 것이다. 칸트 자신은 도덕적 자유의 내용을 이렇게 남겨놓았다. "자유를 온전히 설명하기란 가장 평범한 사람의 이성으로 불가능하듯이, 가장 난해한 철학으로도 불가능하다." 대신 칸트는 우리 자신에게 도덕적 자유인이 될 수 있는 능력 즉 '자율성'이 갖추어져 있다는 믿음을 심어주었다.

생각해보면 칸트가 도달한 인간 존재의 불가지성에 대해서 괴테만큼 고뇌한 작가도 없을 것 같다. 칸트가 확신한 인간의 자율성은 괴테의 작품들 속에서 구체적 인간의 삶을 통해 문학의 영토로 옮겨진 셈이다. "인간은 노력하는 동안은 방황하게 마련이고,

방황하며 끊임없이 노력하는 사람은 구원될 수 있다." 방황하며 노력하는 고난의 삶을 선택하든, 시간의 강물 속에 빠지는 익사자가 되든 각자에게 부여된 자율성에 달려 있는 것이다. 괴테가 알아낸 인간과, 칸트가 알 수 없어 남겨놓은 인간세계가 이토록 닮았는데도 칸트가 괴테를 별로 주목하지 않았다면 괴테가 서운함을 느낄 만하다는 생각이 든다.

규칙적인 산책으로 유명한 칸트가 산책의 규칙을 어긴 적이 있는데 루소의 『에밀』을 읽는 데에 열중하느라 그랬다고 전해진다. 『에밀』이 어떤 작품인가. '자연으로 돌아가라'는 루소의 목소리가 찌렁찌렁 울리는 계몽주의 교육론이다. 인간이 자기 자신을 자연의 상태로 보존하기 위해서는 끊임없이 자신을 교육하며 깨어 있어야 한다는 것이다. 인간 행위의 선악을 판단하는 기준도 궁극적으로는 자연에서 나오기 때문이라고 했다.

루소의 『에밀』에 빠져 칸트가 생전 처음이자 마지막으로 산책의 규칙을 깬 것이 실화인지 일화인지 알 수 없지만 상징하는 의미가 가볍지 않다. 칸트의 '자유'와 루소의 '자연'은 표현은 달라도 온전히 포개지는 존재론적 쌍둥이다. 루소의 자연의 땅에 설 때에만 칸트의 자유를 만날 수 있음이다. 자아自我의 비실체성을 자각하는 제법무아諸法無我의 경지가 자연의 땅이고 자유의 세계이리라.

칸트가 평소 루소의 사진을 자신의 서재에 걸어놓고 지냈다는 사실을 예전엔 알지 못했었다. 나에게 입력되었던 두 사람의 이미지는 정반대였다. 루소는 무위자연의 철학자요, 칸트는 도덕과 당위를 앞세우는 요지부동의 도덕주의 철학자라고 생각했었다. 긴 세월의 오해와 편견이었다.

남편의 서재에는 오래 전부터 자그마한 쌍둥이 액자가 나란히 걸려 있다. 분명 액자는 내 손으로 맞추어다 걸었을 텐데 왜 하필 루소와 칸트였는지 물어본 기억이 없다. 돌아보니 평생 칸트를 지팡이 삼아 전공에 매달리던 사람 옆에서, 나는 칸트의 자등명自燈明이 요구하는 당위질서에 걸려 수없이 넘어졌다.

벽에 걸린 루소의 당차고 해맑은 눈동자가 그리고 칸트의 조용한 외유내강의 평온한 미소가 측은지심으로 나를 내려다보고 있음을 느낀다.

# 죄진 채로 죽지 않으리

이사 준비를 잠시 중단하고 예정에 없던 로맹 롤랑의 장편『장 크리스토프』읽기에 빠졌다. 쫓기듯 독서에 속도가 붙는 것은 늙은 사람의 독서열정이 아니라, 주인공 장 크리스토프라는 이름을 만나게 된 시절인연이었다.

이사 날짜가 정해지니 떠난 사람의 유품 정리를 더 이상 미룰 수 없게 되었다. 침묵으로 그와 대화하는 자리다. 내가 떠나고 나면 아이들도 나를 불러 이렇게 침묵으로 대화할 것을 생각하며 나의 소장품들도 미리 꺼내본다. 그가 나에게 보냈던 편지들 속에는 누렇게 색이 바랜 두툼한 원고뭉치 하나가 60여 년 긴 세월의 무게를 담고 있다. 기척 없이 은둔하던 이 편지는 보이지만 않았을 뿐, 끊임없이 내 삶에 간여했다.

결혼 후 반 년쯤 되던 어느 날 우리는 심하게 다퉜고, 그는 부모님이 계신 고향집으로 가출했다. 가출이라고 고告하지는 않았겠지만, 집에 남은 나는 난감했고 허둥댔다. 며칠 후 소포뭉치같이 두툼한 봉투가 마당에 툭 떨어졌다. 원고지 70여 장의 편지가 들어 있었다. 30대에 휘갈겨 적어놓은 수기手記가 그의 생애를 예시한 인생론이 되리라는 것을 그때는 알지 못했다. 창조주는 해와 달에 각각의 이름을 정해주듯, 인간에게도 돈키호테, 셰익스피어, 장 크리스토프 등 고유한 형질을 심어주었다. 하늘로부터 부여받은 천성이 귀퉁이 한 점 잘려나가지 않은 채 그대로 영원 속으로 되돌아가는 불멸의 법칙에 침묵으로 귀기울일 뿐이다.

편지 속의 잊히지 않는 표현 '장 크리스토프의 십자가'를 늦어도 너무 늦게 더듬고 있다. 그가 짊어졌던 십자가의 무게가 명작 『장 크리스토프』 속에 어느 정도 계량되어 있다는 것을 짐작했으면서도, 나는 정독의 기회를 막연히 미루어왔다. 이제 대화도 할 수 없고, 얼굴빛도 살필 수 없는 그의 생전 모습을 장편 속 곳곳에서 만날 때마다 읽기를 멈추고 지난 날을 돌아본다. 주인공 크리스토프의 고통이 곧 그의 고통이었음을 절감하게 된다. "크리스토프는 사랑하는 여인 아다를 두들겨 패주고 싶었다. 그녀가 성실하지 않은 것을 추호도 참을 수 없었다. 성실함이 총명이나 아름다움과 마찬가지로 타고나는 것이라는 것을 그는 모르고 있었기 때문에 모든 사람에게 성실하라고 강요하는 것이 부당하다는 것을 미처 몰랐다. 그는 그것을 견디지 못했다."

알려진 대로 로맹 롤랑의 『장 크리스토프』는 집필 기간이 10여 년 걸린 역작이다. 이미 백여 년 전 노벨문학상을 수상한 대작이지만, 독자가 공유할 수 있는 세계는 독자의 키를 넘지 못한다. 아주 작은 내 정신의 창틀에 비친 『장 크리스토프』라는 태산의 실루엣이다. 젊은 음악가 크리스토프는 어느 날 자신이 작곡해놓은 작품 안에서 목을 축이려 했다. "이 김빠진 미지근한 물이 나의 음악이란 말인가! 유치한 악장, 절제 없는 열정, 더 나쁜 것은 허위였다. 사랑에 대해서도 맹인이 색깔을 얘기하듯 표현했다. 상투적이었다." 음악가는 자신에게 물었다. "나는 언제나 진실되기 위해서 노력해 오지 않았던가!" 크리스토프의 절망은 작중 인물 외삼촌을 통해 이렇게 위로를 받는다. "의욕하는 것과 사는 것이 일치하지 못할지라도 중요한 것은 의지를 가지고, 살아가는 것에 권태를 느끼지 않는 것이다." 저자 로맹 롤랑의 '생명철학'이 느껴지는 대목이다.

권태는 허무주의의 외양이다. 고뇌하고, 괴로워하고, 투쟁하는 '힘에의 의지'는 어쩌면 인간의 본태적 허무주의에 대한 반동反動인지 모른다. 유품에서 나온 장문의 편지를 거듭 읽어도 사소한 다툼이 아니었다. 홍일점으로 대학원에 진학은 했으나 인생을 걸고 학문에 헌신하려는 의지가 있어서였다고 생각되지 않는다. 진리 탐구의 꼭대기 상아탑을 동경했고, 그 안에 살아 있을 '정신적인 것'에 대한 막연한 향일성에 끌려갔을 뿐이다. 내 안에 있는 속물근성은 항상 나와 반목했다. 세속을 포기할 만한 용기도 없으면서 대책 없이 세상과 거리두기에 열중했다. 목적론적 삶에 묶여 있던 불퇴전의 고립주의는 역설적이게도 졸업도 하기 전에 이정표에 없던 결혼가도로 들어섰다. 결혼 후 논문 제출이 순조롭지 않았다. 내 탓이었다. 그가 예견하고 기대했던 만큼 나는 논문에 매달리지 못했다.

## 창작, 죽음을 죽이는 생명

지금처럼 여성의 학문활동이 자유롭지 않던 시대적 인습을 감안하면 그의 기대는 평범하지 않을 만큼 적극적이었다. 나는 그의 적극성에 발맞추지 못했다. 결혼이라는 환경적, 정신적 변화에 하루하루 무위의 시간이 계속되었다. 창조하는 것에 대한 기쁨을 모르는 아내와의 불통을 확인하는 데에는 그리 오래 걸리지 않았다. "창조한다는 것은 생명의 태풍 속으로 뛰어들어가는 것, 존재하는 자가 되는 것, 죽음을 죽이는 것이다"라는 장 크리스토프의 절규가 글자는 달랐어도 그의 편지 속 여기저기에 묻어 있었다. 논문 창작에 미지근한 나의 모습이 그에게 실망을 넘어 분노를 안겨주었다는 사실을 눈치채지 못했었다. 다툼의 발단이야 사소했겠지만, 학문에 대한 아내의 불성실한 삶을 지켜보는 것이 그에겐 견딜 수 없는 고문이었다. 어찌 진리 탐구에만 그랬을까. 무위무사의 나태가 집안 전체를 삼켰을지 모른다.

저자 로맹 롤랑이 밝혔듯이 주인공 장 크리스토프는 부분적으로 베토벤의 분신이다. 월급을 관리할 능력조차 없는 술주정뱅이 아버지의 봉급이 아들 크리스토프에게 지급될 만큼, 아버지는 크리스토프에게 애증으로 얽힌 십자가였다. 술 취한 아버지가 아들에게 "나를 업신여기지 말아다오"라고 애원하는 말에 아들의 영혼이 갈기갈기 찢긴다. 아비의 불행이 곧 자식의 불행이고, 자식의 불행이 곧 아비의 불행이라는 잘리지 않은 탯줄이 아들 크리스토프의 몸을 친친 감고 있었다. '사랑과 미움의 존엄한 조화'가 얼마나 어려운가. "백번 죽어도 부활하는" 크리스토프의 초인정신을 곱씹게 한다.

학문의 대상인 '진리'를 학벌 키우기의 어설픈 지렛대쯤으로 여겼던 아내라면, 그리고 정신적인 것에 대한 막연한 향수가 나태한 이상주의자의 허무일 수 있음을 감지하지 못한 아내라면 가족에게 십자가를 지워주고도 남음이 있었을 것이다. 허무가 창작의 무덤이자 권태의 뿌리라는 것을 알아차린 것은 한참 후의 일이었다. 일찍이 멍석을 깔아놓았을 때는 꿈쩍도 하지 않던 곰이 훗날 세한歲寒의 계절을 맞고서야 얼어붙은 땅에서라도 재주를 넘으려고 기를 썼다. 정녕 빼앗길 때만 먹이를 움켜잡는 동물의 왕국에서 멀리 있지 않았다. 일찍이 공자도 '어려움을 겪고서야 배우는' 하우下愚를 딱하게 여겼다. 하지만 '어려움을 겪고서도 배우지 못하는' 최하우最下愚는 아니었기에, 딴에는 마음을 다하고, 힘을 다한다는 것이 어떤 것인지 늦게라도 조금 알아차리는 시간만은 소중했다.

학문적 소득은 아무래도 좋았다. 만학 중의 만학이니 남을 위해, 세상을 위해 어떻게 기여할 것인가에 대한 절박감은 없었다. 천성처럼 달고 살던 '결핍'의 진면목이 성실하지 않은 사람의 지병이었음을 알게 된 것은 예견하지 못한 분외分外의 인생노정人生路程이었다. "길은 길로 이어진다"는 시인의 노래처럼 노정의 끝자락에서 알 수 없는 손에 이끌려 문학의 바다에 닿게 되었다. "글을 쓴다는 것은 자기 내부에서 허무의식이라는 독을 제거하는 것"이라는 어느 작가의 고백이 나의 고백이 되기까지의 짧지 않은 날들을 돌아보게 된다.

몇 권 안 되는 졸저를 낼 때마다 애들이 "엄마 책 속에선 아빠가 보인다"고 말했다. 자화상을 그린 화가의 그림에서 화가 아닌 누군가의 모습이 보인다면 그것은 닮음이라기보다 다름을 짚어보려는 화가의 붓놀림이었을 것이다. 장 크리스토프의 십자가는 인간이면 누구나 운명적으로 짊어져야 할 공통의 십자가다. 실존의식의 두께에 따라 능동적 참여와 수동적 도피가 있을 뿐이다. 인간으로 태어났으면서 인간이 어떤 존재인지 몰라 방황하는 것이 인간이다. 성실과 태만, 연민과 분노, 원칙과 타협, 확신과 회의 등등. 어느 것 하나 자신의 모습 아닌 것이 없다. 양면성이 아니라 그보다 훨씬 복잡한 실존의 광맥을 따라가다보면, 방향 잃은 미아가 된다. 이분법은 범주화를 좋아하는 이성의 작위적 습성일 뿐,

이성으로 해명되지 않는 인간의 불가해한 다면성이 끊임없이 우리를 방황하게 하고 내적 투쟁으로 몰고 간다. 크리스토프에게 들리는 하늘의 소리다.

“가거라. 가! 잠시도 쉬지 말고, 괴로워해야 할 자, 괴로움으로 가거라! 인간이라는 이름에 상당한 인간이 되어야 하느니! 인간답게 산다는 것은 자신과의 싸움에서 물러서지 않는 강자가 되는 것이다.”

강자란 ‘존엄한 조화’의 주인공을 달리 부르는 이름일 터다. 우연에 의해 지배되는 인과율은 없다. 신에 의해서도 지배되지 않는 것이 연기법緣起法이라고 했다. 로맹 롤랑이 작품의 서문에서 들려준 육성이 긴 여운으로 가슴을 맴돈다. 로맹 롤랑도 떠났고 그도 떠났다.

“어느 날이라도 크리스토프의 얼굴을 보라. 그날 너희는 죄진 채로 죽지 않으리라.”

북인수필선 3
운명이 손대지 못하는 시간들

지은이_ 홍혜랑
펴낸이_ 조현석
펴낸곳_ 북인
디자인_ 푸른영토

1판 1쇄_ 2022년 08월 11일

출판등록번호_ 313 - 2004 - 000111
주소_ 121 - 842 서울 마포구 서교동 460-34. 501호
전화_ 02 - 323 - 7767
팩스_ 02 - 323 - 7845

ISBN 979-11-6512-058-0 03810


책값은 뒤표지에 있습니다.
저자와 협의 아래 인지를 생략합니다.